スティーブ：想像力《そうぞうりょく》豊《ゆた》かな少年《しょうねん》だったが、冒険《ぼうけん》ができないままに大人《おとな》になる。だが、ついにオーバーワールドにつながるポータルを発見《はっけん》。その世界《せかい》で、親友《しんゆう》のオオカミ〝デニス〟とのんびりと暮《く》らしていた。ところがある日《ひ》、邪悪《じゃあく》なピグリンの魔女《まじょ》「マルゴシャ」につかまってしまう。

ギャレット：経営《けいえい》しているゲームショップがうまくいかず、大《だい》ピンチ。オーバーワールドにある宝《たから》さえ手《て》に入《い》れれば、人生《じんせい》を変《か》えられると思《おも》っていた。やがて、スティーブとヘンリーという新《あたら》しい仲間《なかま》と力《ちから》を合《あ》わせて、もっとずっと大切《たいせつ》なものを見《み》つけることに……。

ヘンリー：発明《はつめい》したり、なにかをつくったりするのが大好《だいす》きだが、まわりからはなかなか理解《りかい》されない。でも、オーバーワールドに通《つう》じるポータルを見《み》つけたことで、アイダホでの新生活《しんせいかつ》が思《おも》いがけなく変化《へんか》する。ふしぎな世界《せかい》での大冒険《だいぼうけん》で、自分《じぶん》がもっているクリエイティビティがいかに価値《かち》があるかを知《し》る。

ナタリー：ポテトチップス工場《こうじょう》での新《あたら》しい仕事《しごと》と弟《おとうと》のヘンリーの世話《せわ》に追《お》われながら、弟《おとうと》がトラブルを起《お》こさないことだけを願《ねが》う毎日《まいにち》。ところがある日《ひ》、オーバーワールドに入《はい》りこみ、そこから無事《ぶじ》に脱出《だっしゅつ》するためには弟《おとうと》のとんでもない計画《けいかく》を信《しん》じるしかなくなる。その冒険《ぼうけん》のあいだに、自分《じぶん》にもクリエイティビティがあることに気《き》づく。

ドーン：自力《じりき》で道《みち》を切《き》りひらく実業家《じつぎょうか》として、不動産屋《ふどうさんや》から移動動物園《いどうどうぶつえん》のオーナーまで、たくさんの仕事《しごと》をかけもちしている。オーバーワールドに閉《と》じこめられたとき、これまで身《み》につけてきたさまざまなスキルが役立《やくだ》つことに……。

デニス：スティーブの忠実《ちゅうじつ》な相棒《あいぼう》。マルゴシャがスティーブをおそろしい牢屋《ろうや》に閉《と》じこめたとしても、だれも二人《ふたり》を引《ひ》きはなすことはできない！　なにがあってもかならず、デニスはスティーブのもとにもどってくる。

マルゴシャ：邪悪《じゃあく》なピグリンの魔女《まじょ》。オーバーワールドを征服《せいふく》し、完《かん》ぺきな対《たい》称形《しょうけい》でできた村々《むらむら》を破壊《はかい》することを夢見《ゆめみ》ている。そのためのただ1つの方法《ほうほう》は「支配《しはい》のオーブ」を手《て》に入《い》れること。だが、手《て》にできていない……いまは、まだ。

チャンガス将軍《しょうぐん》：マルゴシャのもっとも頼《たよ》りになる部下《ぶか》であるピグリン。やがて、そうも言《い》っていられなくなる。

グレートホッグ：マルゴシャの最終兵器《さいしゅうへいき》。欠《か》けていた脳《のう》みそを魔女《まじょ》に入《い》れてもらい、ついに動《うご》きだす。

クリーパー：オーバーワールドにいる奇妙《きみょう》なモブの1つ。緑色《みどりいろ》をしていて、近《ちか》づきすぎるとシューという音《おと》を出《だ》し、チカチカと光《ひか》り、最後《さいご》には爆発《ばくはつ》してしまう！

チキン・ジョッキー：ニワトリにまたがったベビーゾンビ。体《からだ》が小《ちい》さいからと軽《かる》く見《み》ていると、ぶきみなほど大《おお》きな歯《は》でがぶっとかみつかれる！

ミッドポート村《むら》の村人《むらびと》たち：取引《とりひき》をしたり、のんびりしたり、パンを食《た》べたりするのが好《す》きな平和主義者《へいわしゅぎしゃ》。ひとりひとりに役割《やくわり》がある。ただし、なまけ者だけはべつ。でも、みんななぜか〝なまけ者《もの》〟のことが好《す》き。

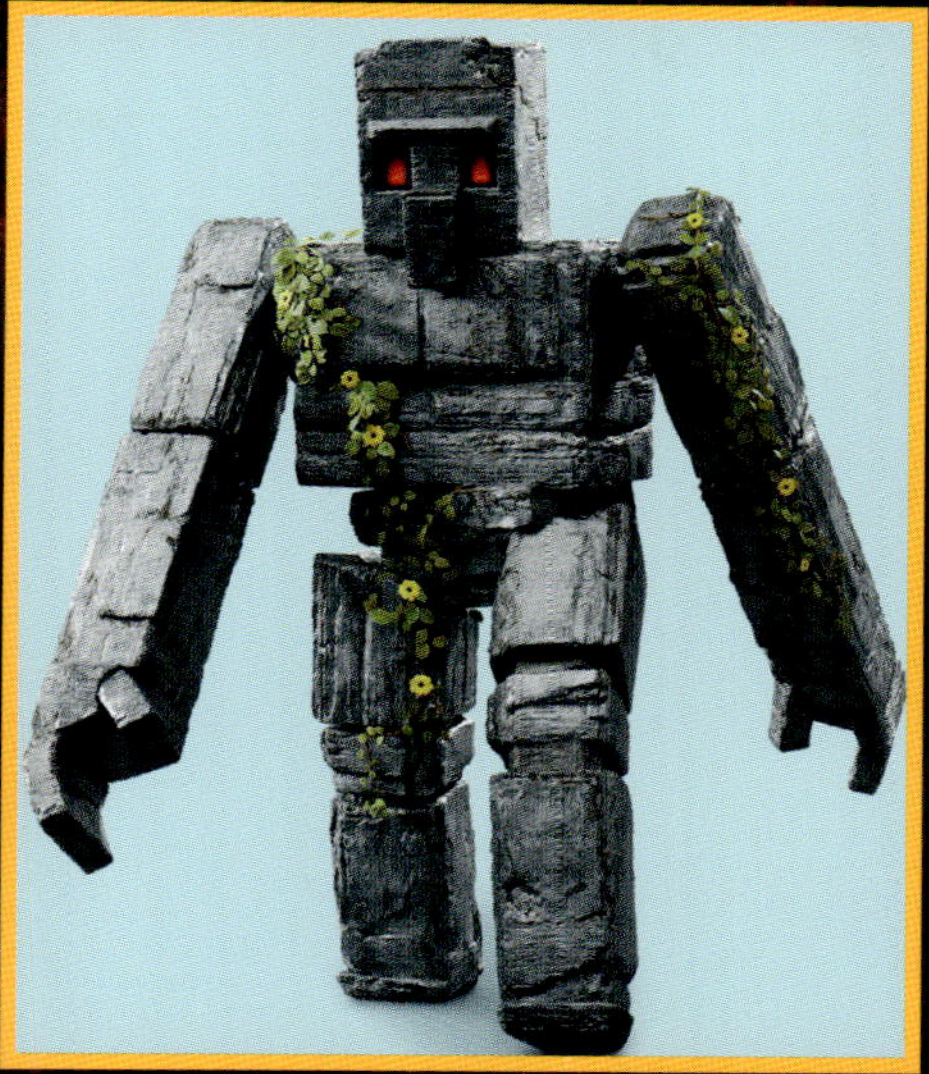

アイアンゴーレム：外敵《がいてき》から村《むら》人《びと》たちを守《まも》っている。怒《おこ》らせないかぎりは、とてもやさしい。だから、刺激《しげき》しないほうが身《み》のためだ。

オーバーワールドはとてもヘンテコな世《せ》界《かい》。すべてが四角《しかく》でできているが、ブロックをばらばらにしたり、ふたたびくっつけたりして、新《あたら》しいアイテムをつくることができる。日中《にっちゅう》はラマをはじめ、人《ひと》なつっこいモブがたくさんいるが、夜《よる》になると、危《き》険《けん》なモンスターたちがつぎつぎとあらわれる。

われらが英雄《えいゆう》たちとマルゴシャの軍勢《ぐんぜい》のあいだで、オーバーワールドをめぐるはげしい戦《たたか》いが始《はじ》まる。スティーブとギャレットがたくみに飛《と》びまわったことで、熱気球《ねっききゅう》のような2体《たい》のガストはたがいに火《ひ》の玉《たま》の撃《う》ち合《あ》いになって、2体《たい》とも落《お》ちていく！

戦《たたか》いが終《お》わり、ヘンリー、ナタリー、ドーン、ギャレットが家《いえ》に帰《かえ》るときがきた。スティーブは、オーブをアース・クリスタルボックスに入《い》れてポータルを開《ひら》き、5人《にん》はそのポータルをくぐりぬける。

マインクラフト

ザ・ムービー

Original English language edition first published in 2025 under the title
A Minecraft Movie: The Junior Novelization,
by HarperCollins Publishers Limited, 1 London Bridge Street, London SE1 9GF and 103 Westerhill Road, Bishopbriggs, Glasgow G64 2QT, United Kingdom.

First published in the United States by Random House Children' s Books
and in Canada by Penguin Random House Canada Limited.
First published in Great Britain in 2025 by Farshore.

本書に記載されたすべての情報は Minecraft: Bedrock Edition に基づいています。

公式ノベライズ

デイヴィッド・リューマン（翻案）
牛原眞弓、小林真弓（訳）

第《だい》1章《しょう》

　スティーブはおさないころ、想像力《そうぞうりょく》が豊《ゆた》かで冒険好《ぼうけんず》きな子《こ》どもだった。あるとき、町《まち》はずれでおどろくものを発見《はっけん》した。使《つか》われなくなった鉱山《こうざん》の入《い》り口《ぐち》だ。鉱山《こうざん》のなかにはどんな冒険《ぼうけん》が待《ま》ちうけているのだろう？　世《よ》にもふしぎな洞窟《どうくつ》？　ヘンテコな生《い》き物《もの》？　それとも光《ひか》りかがやくお宝《たから》？　ところが、スティーブが探検《たんけん》するためになかに入《はい》ろうとしたそのとき、おそろしい顔《かお》をした坑夫《こうふ》が立《た》ちはだかった。

「おい、小僧《こぞう》！　これが読《よ》めないのか！」

　坑夫《こうふ》が指《ゆび》さした看板《かんばん》にはこう書《か》かれていた。〝子《こ》ども立《た》ち入《い》り禁止《きんし》！〟

　それでもスティーブは、ダッシュでなかに入《はい》ろうとした。だが、坑夫《こうふ》に追《お》いはらわれてしまった。そんなわけで、地下《ちか》でのワクワクする冒険《ぼうけん》ができなかったスティーブは、かわりに……とんでもないことをやってのけた……大人《おとな》になったのだ！

大人《おとな》になったスティーブは、退屈《たいくつ》な仕事《しごと》をしながら、クリエイティビティ（創造力《そうぞうりょく》）を発揮《はっき》するチャンスをうかがっていた。あるときはジオラマをつくり、あるときはプレゼン用《よう》の歌《うた》をつくり、またあるときは自分《じぶん》で服《ふく》をつくって、それを着《き》てみた。だが、スティーブのやることなすこと、まわりの大人《おとな》たちに笑《わら》われるばかり。なんでだ？　スティーブは考《かんが》えた。人生《じんせい》はもっとおもしろいはずじゃないか……。もっとふしぎで、もっと楽《たの》しくなくちゃ！

さえないオフィスでじみな仕事《しごと》をこつこつやりながら、スティーブは小《ちい》さいころに見《み》つけた、あのなぞめいた鉱山《こうざん》のことを考《かんが》えつづけた。あの下《した》に、自分《じぶん》が探《さが》している答《こた》えがある気《き》がしてならなかったのだ。あそこにもどって確《たし》かめなければ！

そこで、鉱山《こうざん》を見《み》つけてから30年《ねん》たったいま、スティーブはふたたびその入《い》り口《ぐち》にやってきた。いまでも年《とし》をとった坑夫《こうふ》が見張《みは》りに立《た》っていたが、大人《おとな》になったスティーブには、見張《みは》りのひとりやふたり、なんてことはない。右《みぎ》に動《うご》いたかと見《み》せかけると、「フェイントだよ！」とさけびながら、矢《や》のように左《ひだり》に向《む》かってかけだした。そしてまんまとなかに入《はい》った！

鉱山《こうざん》に入《はい》ったスティーブは、ツルハシを使《つか》ってすすだらけの岩壁《いわかべ》を掘《ほ》りすすめた。なにも出《で》てこなくても、あきらめなかった。掘《ほ》って掘《ほ》って、掘《ほり》りつづけ……ある日《ひ》、ついにきらきらしたクリスタルの箱《はこ》と光《ひか》りかがやくキューブ（立《りっ》方体《ぽうたい》）を掘《ほ》りあてた。この2つの神秘的《しんぴてき》な物体《ぶったい》はまるでセットになっているみたいじゃないか……。そこでスティーブは、キューブを箱《はこ》のなかに入《い》れてみた。

ドーン！

突然《とつぜん》、目《め》の前《まえ》にふしぎなポータルがあらわれた！　フレームにおさめられた、長方形《ちょうほうけい》の青《あお》くきらめくポータルだ。すばらしい光景《こうけい》に、スティーブの目《め》はまん丸《まる》になった。そして引《ひ》きよせられるようにして、そのポータルをくぐりぬけると……。

そこには四角形《しかっけい》でできた世界《せかい》が広《ひろ》がっていた！　これまでに見《み》たことのないような場所《ばしょ》で、すべてが四角《しかく》いブロックでできている。ブロック状《じょう》のハチがぶんぶん飛《と》びまわり、こちらをじいっと見《み》ていたブロック状《じょう》の羊《ひつじ》が「メエエエエ！」と鳴《な》いた。

スティーブはまだ知《し》らなかったが、「オーバーワールド」と呼《よ》ばれている奇《き》妙《みょう》な世界《せかい》だった。

そこには、クリエイティビティを目《め》ざめさせるような刺激的《しげきてき》な「なにか」があるようだ。スティーブは、土《つち》ブロックを採掘《さいくつ》し、それを積《つ》み上《あ》げてシンプルな家《いえ》をつくった。オーバーワールドはふつうの世界《せかい》とはまったくちがう。ブロックが地面《じめん》に落《お》ちることもあれば、空中《くうちゅう》に浮《う》かぶこともある。それなのに、どういうわけか、スティーブはうまくやれた。そもそも小《ちい》さいころから、思《おも》いどおりになにかを建《た》てたり、なにかをつくったりするのが大好《だいす》きだった。スティーブは最初《さいしょ》の家《いえ》を完成《かんせい》させると、すぐに2けんめにとりかかった。1けんめは土《つち》ブロックを使《つか》ったが、木《き》からさまざまな板《いた》をつくれるとわかると、あっというまに木《き》の家《いえ》を建《た》ててみせた。塔《とう》までついている家《いえ》だ。

スティーブはクリエイティビティを発揮《はっき》しまくった。3けんめの家《いえ》はピンク色《いろ》のウールでつくった。羊《ひつじ》の毛《け》なのですぐに燃《も》えてしまったが、それでもふわふわの家《いえ》はすごくいい感《かん》じに見《み》えた。

スティーブにとって、オーバーワールドは完《かん》ぺきな場所《ばしょ》だった。ただし、夜《よる》をのぞいては……。というのも、夜《よる》になると、いろいろなものに命《いのち》をねらわれるのだ！　スティーブは家《いえ》にこもり、恐怖《きょうふ》にふるえた。ゾンビがうめき声《ごえ》をあげながら家《いえ》のドアをたたくかと思《おも》えば、遠《とお》くの暗闇《くらやみ》では青白《あおじろ》いスケルトンがさまよっている。そんなある夜《よる》、別《べつ》のうなり声《こえ》とほえる声《こえ》が聞《き》こえてきた。やがて、ゾンビたちの声《こえ》は消《き》えていった。何者《なにもの》かに追《お》いはらわれたのだろうか？

スティーブがおそるおそるドアを開《あ》けて外《そと》をのぞくと、ゾンビやスケルトンが逃《に》げていくのが見《み》えた。追《お》いはらっていたのは……大《おお》きな灰色《はいいろ》のオオカミだった！

「おお、ありがとな！」スティーブは、ブロック状《じょう》のオオカミにお礼《れい》を言《い》った。

「おまえのおかげで助《たす》かったよ」

すると、オオカミは巨大《きょだい》な頭《あたま》をスティーブに向《む》けた。赤《あか》い目《め》がおそろしげに光《ひか》っている。オオカミはうなった。

「おっと！」スティーブは両手《りょうて》を上《あ》げてオオカミをなだめた。「まあまあ……

まあまあ……」まわりを見《み》まわしてオオカミが喜《よろこ》びそうなものがないかと探《さが》してみる。すると、スケルトンの骨《ほね》が1本《ぽん》落《お》ちていた。スティーブは急《いそ》いでそれを拾《ひろ》うと、手《て》をのばしてオオカミにさし出《だ》した。オオカミは骨《ほね》をじっと見《み》た。

つぎの瞬間《しゅんかん》、オオカミの目《め》から赤《あか》い光《ひかり》が消《き》えた。するどい歯《は》を見《み》せて口《くち》を開《あ》けた顔《かお》も、まるで笑《わら》っているように見《み》える。ポン！　そのとき、名札《なふだ》のついたブロック状《じょう》の首輪《くびわ》がオオカミの首《くび》もとにあらわれた。

「いい子《こ》だ」スティーブはオオカミをなでた。そして、名札《なふだ》の名前《なまえ》を読《よ》みあげた。「デニス！」

スティーブとデニスはすぐに親友《しんゆう》になった。デニスは、スティーブがお気《き》に入《い》りのツルハシで、岩《いわ》だらけのがけからブロックをけずり出《だ》すのを見《み》るのが大《だい》好《す》きだった。いっぽうのスティーブは、ブロック状《じょう》のフリスビーを投《な》げて、デニスに空中《くうちゅう》でキャッチさせるのが好《す》きだった。

そんなふたりがいちばん好《す》きなのは、いっしょになにかを建《た》てることだった。高《たか》い塔《とう》が完成《かんせい》すると、スティーブは腰《こし》に手《て》をあてて、いっしょにつくった作品《さくひん》をながめた。「ところでデニス、この塔《とう》の名前《なまえ》なんだけど、スティーブ・スクレイパーってのはどうだい？　それとも、スティーブ・ニードルとか？」

「アオーン！」デニスがほえた。

「よし、相棒《あいぼう》。決《き》まりだ。スティードルにしよう」

つぎの朝《あさ》、スティーブとデニスがブロック状《じょう》の平原《へいげん》や森《もり》を散歩《さんぽ》していると、荒《あ》れはてた場所《ばしょ》に出《で》た。黒曜石《こくようせき》でできた光《ひか》るゲートが見《み》える。だが、ゲートのブロックが１つ足《た》りないようだ。スティーブはすぐにブロックを掘《ほ》り出《だ》して、すきまにはめた。

デニスはといえば、ゲートの横《よこ》にあるチェストをクンクンとかぎまわっている。スティーブがそのチェストを開《あ》けると、なかに入《はい》っていたのは、火打《ひう》ち石《いし》と打《う》ち金《がね》だった。スティーブは打《う》ち金《がね》を火打《ひう》ち石《いし》に打《う》ちつけた。

カーン、カーン、カーーン！

火花《ひばな》がゲートに飛《と》びちった。そのとたん、ゲートのなかが紫色《むらさきいろ》にうずを巻《ま》きはじめた……。ポータルだ！

このゲートはいったいどこに通《つう》じているんだろう？　そう思《おも》ったデニスは、ゲートをさっとくぐりぬけた。

「デニス！」スティーブはデニスを止《と》めようと手《て》をのばした。だが、間《ま》に合《あ》わなかった。

第《だい》2章《しょう》

ポータルがどこに通《つう》じているのか、まったくわからなかった。だからといって、親友《しんゆう》を見《み》すてるわけにはいかない。スティーブは深《ふか》く息《いき》を吸《す》いこむと、紫色《むらさきいろ》にかがやくゲートをくぐった。

ゲートの向《む》こうに出《で》ると、あたりを見《み》わたしてみたが、あまり好《す》きになれそうにない場所《ばしょ》だった。

炎《ほのお》。溶岩《ようがん》。もくもくとした黒《くろ》い煙《けむり》。そのうえ、意地《いじ》の悪《わる》そうなブタが何匹《なんびき》もいる。天気《てんき》のいい日《ひ》に朝早《あさはや》くポータルを通《とお》りぬけたはずなのに、まるでまっ暗《くら》な夜《よる》のようだ。スティーブは「オーバーワールド」を離《はな》れ、「ネザー」と呼《よ》ばれる世界《せかい》に足《あし》をふみ入《い》れていたのだ。

アオオーン！

デニスがほえている！　恐怖《きょうふ》におびえる声《こえ》だった。スティーブは相棒《あいぼう》を助《たす》けようと、走《はし》りだした。暗《くら》い部屋《へや》をいくつかかけぬけると「玉座《ぎょくざ》の間《ま》」にたどりつき、そこでデニスを見《み》つけた。デニスは、「ピグリン」として知《し》られるブタのような兵士《へいし》たちにとりかこまれていた。ピグリンは体《からだ》つきこそ人間《にんげん》っぽいが、そのブロック状《じょう》の頭部《とうぶ》にはブタの目《め》や耳《みみ》や鼻《はな》がついている。ピグリンをひきいているのは、魔女《まじょ》のマルゴシャだった。マルゴシャは杖《つえ》を手《て》に、ぞっとするような冷《つめ》たい目《め》でスティーブをにらみつけた。ごうまんで残酷《ざんこく》な性格《せいかく》が、その顔《かお》によくあらわれている。

スティーブは、おそろしいマルゴシャとピグリンたちに立《た》ちむかおうと、一《いっ》歩前《ぽまえ》に進《すす》み出《で》た。

「そのオオカミを解放《かいほう》しろ。そのかわりに、おれを連《つ》れていけ」

マルゴシャはスティーブのほうを見《み》ると、残酷《ざんこく》な笑《わら》いを浮《う》かべた。「もっといい考《かんが》えがあるよ。オオカミもおまえも両方《りょうほう》、いただこうじゃないの。もちろん、オーブもさ！」

スティーブがなにかを持《も》っていることを、マルゴシャはどうして知《し》っているのだろう？　スティーブは「オーブ」という言葉《ことば》を知《し》らなかったが、きっと、鉱山《こうざん》で見《み》つけたポータルを呼《よ》びだすためのキューブのことを言《い》っているのだろうと思《おも》った。そこで、バッグからすばやくキューブを取《と》り出《だ》して、マルゴシャに向《む》かって言《い》った。「はっきりさせておこうぜ。おれの世界《せかい》では、こいつを〝キューブ〟って呼《よ》ぶんだよ！」

そのとたん、マルゴシャはスティーブからキューブをうばいとり、杖《つえ》の頭《あたま》の先《さき》に置《お》くと、大声《おおごえ》を張《は》り上《あ》げた。「ついに手《て》に入《い》れた！　支配《しはい》のオーブだ！」そして、ピグリンに命令《めいれい》した。「あいつらを閉《と》じこめろ！」

ピグリンたちはデニスとスティーブを乱暴《らんぼう》に牢屋《ろうや》に押《お》しこみ、鍵《かぎ》をかけた。

ガチャリ！

マルゴシャはすぐに、支配《しはい》のオーブのついた杖《つえ》を自慢《じまん》そうにふりながら、ピグリンの司令官《しれいかん》たちを呼《よ》び集《あつ》めた。「明日《あした》、われわれのネザーをオーバーワールドにつなげるのだ！」

司令官《しれいかん》たちはうなずき、ブウブウと声《こえ》をあげる。

スティーブはささやいた。「あいつを止《と》めるんだ、デニス」。するとデニスは、牢屋《ろうや》の格子《こうし》の間《あいだ》からブロック状《じょう》の鼻先《はなさき》をつき出《だ》し、見張《みは》りをしているピグリンのベルトから鍵《かぎ》の束《たば》をこっそりうばった。「よくやった、デニス」スティーブは鍵《かぎ》を受《う》けとると、もう一度《いちど》言《い》った。「よくやったぞ！」

しばらくすると、マルゴシャと司令官《しれいかん》たちが玉座《ぎょくざ》の間《ま》からいなくなった。スティーブはすかさず、牢屋《ろうや》の外《そと》に金《きん》の延《の》べ棒《ぼう》を投《な》げて、見張《みは》りのピグリンをおびきよせた。金《きん》に目《め》がないピグリンはすっかり延《の》べ棒《ぼう》に気《き》をとられている。その間《あいだ》にスティーブとデニスは牢屋《ろうや》を逃《に》げだして、マルゴシャの部屋《へや》に向《む》かった。スティーブがその部屋《へや》にしのびこむと、マルゴシャはりっぱな飼《か》い葉桶《ばおけ》に顔《かお》をつっこんで、なにかを食《た》べているところだった。ズルッ！　ズルルルッ！

マルゴシャは、見《み》るからにまずそうな残飯《ざんぱん》をすすっている。いまだ！　スティーブは杖《つえ》についていた支配《しはい》のオーブをうばい返《かえ》した。その音《おと》に気《き》づいたマルゴシャは、飼《か》い葉桶《ばおけ》から顔《かお》を上《あ》げた。毛《け》のはえたあごから汁《しる》がしたたっている。マルゴシャはおぞましい残飯《ざんぱん》をまき散《ち》らしながら、さけんだ。「つかまえろ！」

スティーブは、ピグリンに追《お》いつかれる前《まえ》になんとかデニスのもとにもどってきた。そして、支配《しはい》のオーブをわきの下《した》にこすりつけてから、デニスのよくきく鼻《はな》の前《まえ》にさし出《だ》した。「デニス、いいか！　このオーブとクリスタルの箱《はこ》を地球《ちきゅう》に持《も》っていくんだ！　おれのにおいをたどって、ホーリーオーク小路《こうじ》149番地《ばんち》まで行《い》け！」

スティーブは箱《はこ》とオーブを、丸《まる》めたメモといっしょにバッグに入《い》れると、デニスにわたした。「おまえはこの世界《せかい》の最後《さいご》の希望《きぼう》だ！」

「アオン！」デニスがほえた。

「いや、そうじゃない。ホーリーオーク〝通《どお》り〟じゃない。ホーリーオーク〝小路《こうじ》〟だ！　ただの〝小路《こうじ》〟だぞ！　走《はし》れ、相棒《あいぼう》！　またあとでな。さあ、走《はし》るんだ‼」

マルゴシャの手下《てした》のピグリンたちがスティーブのもとに押《お》しよせてきたまさにそのとき、デニスはかがやくポータルを通《とお》って、ネザーの外《そと》に出《で》た。勇《ゆう》かんなデニスは、ブロック状《じょう》のオーバーワールドを走《はし》りぬけ、地球《ちきゅう》に通《つう》じるポータルに向《む》かった。やがて、アイダホの小《ちい》さな町《まち》にたどりつき、ホーリーオーク小《こう》路《じ》にあるスティーブの家《いえ》にやってきた。デニスは犬用《いぬよう》のとびらを押《お》して、家《いえ》のなかに入《はい》った。そしてスティーブの部屋《へや》を見《み》つけると、オーブとクリスタルの箱《はこ》をウォーターベッドの下《した》にころがした。

そのころ、ネザーにいるスティーブは、オーブがマルゴシャの手《て》にわたらないかぎり、オーバーワールドは安全《あんぜん》だろうと考《かんが》えていた。そして、どこかのマヌケがそれを見《み》つけませんように……とひたすら祈《いの》った。

アイダホのいなか道《みち》を、ギャレット・ガーベッジマン（ゴミ収集人《しゅうしゅうにん》）・ギャリソンが運転《うんてん》する赤《あか》いスポーツカーがごう音《おん》を立《た》てて走《はし》っていく。ギャレットはムキムキの筋肉《きんにく》にこいまゆ毛《げ》、黒《くろ》いあごひげに長《なが》い髪《かみ》の背《せ》の高《たか》い男《おとこ》だ。車《くるま》はおんぼろで、バンパーにはテープがはってある。ダッシュボードの上《うえ》もゴミや未払《みばら》いの請求書《せいきゅうしょ》だらけ。エンジンからおかしな音《おと》が聞《き》こえてきても、ギャレットは気《き》にしなかった。その音《おと》が聞《き》こえないように、カーステレオで流《なが》しているヘヴィメタの音《おと》を大《おお》きくするだけだ。ギャレットの車《くるま》は、自分《じぶん》が経営《けいえい》するビデオゲーム店《てん》〈ゲーム・オーバー・ワールド〉の駐車《ちゅうしゃ》スペースにキーッと音《おと》を立《た》ててすべりこんだ。

　店内《てんない》に入《はい》ると、ギャレットはゲームソフトの数々《かずかず》、コレクショングッズ、アーケードゲーム、〝ゲーム教室《きょうしつ》50%オフ！　プロの必勝法《ひっしょうほう》を達人《たつじん》から学《まな》べ！〟と書《か》かれた看板《かんばん》の前《まえ》を通《とお》りすぎた。ふと、1989年《ねん》に獲得《かくとく》した世界《せかい》チャンピオン（ゲーマー・オブ・ザ・イヤー）のトロフィーの前《まえ》で足《あし》を止《と》めると、トロフィーを手《て》にとってシャツのすそでみがいた。トロフィーには文字《もじ》がきざまれている。

〝ゲーマー・オブ・ザ・イヤー――ギャレット・ガーベッジマン・ギャリソン〟。

ギャレットは、なにかにつけて、その言葉《ことば》をつぶやいていた。1989年《ねん》、それは彼《かれ》の人生《じんせい》で最高《さいこう》の年《とし》だ。

せまい事務所《じむしょ》に入《はい》ると、ギャレットはありあわせのもので朝食《ちょうしょく》をつくりはじめた。バーナーでステーキを焼《や》き、生卵《なまたまご》をいくつか割《わ》ってコップに入《い》れる――筋肉《きんにく》を増《ふ》やしたいボディービルダーのための食事《しょくじ》だ。さらに、プロテインパウダーをスプーンで何杯《なんばい》かと、クッキーをひと袋《ふくろ》、細《こま》かくくだいて口《くち》のなかにほうりこんだ。牛乳《ぎゅうにゅう》で飲《の》みこもうとしたそのとき、牛乳《ぎゅうにゅう》パックがからっぽだと気《き》づき、ゴホゴホとむせて粉《こな》をはき出《だ》した。

ギャレットは、ゲームをプレイする手《て》をきたえるための器具《きぐ》をぎゅっとにぎると、手首《てくび》に2・5キロのおもりをつけてぐるぐる回《まわ》した。つぎに氷《こおり》を入《い》れた2つのカップに両手《りょうて》の指《ゆび》をつっこんで、ぶるっとふるえた。

しばらくすると、ギャレットは〈暴《あば》れん坊《ぼう》シティ〉というアーケードゲームの2台《だい》のコントローラーを前《まえ》にしていた。それを交互《こうご》にあやつりながら、ひとりでプレイヤー1と2の両方《りょうほう》になって、プレイを始《はじ》めた。みごとボーナスポイントをゲットすると、大声《おおごえ》でさけんだ。「見《み》たか！」

ギャレットのプレイを見《み》ていた10歳《さい》の子《こ》どもたち――レオ、グレタ、マイルズは、すっかり困《こま》った顔《かお》になっている。3人《にん》は、この〝元《もと》チャンピオン〟のゲームレッスンを受《う》けるためにやってきた。それなのに、レッスンといえば、ただギャレットのプレイをじっと見《み》ているだけなのだ。

「なんで、ぼくたちにやらせてくれないの？」レオが言《い》った。

「オスのライオンは自分《じぶん》だけで狩《か》りをするんだ。子《こ》どもたちは、その残《のこ》りものをありがたくいただくってわけだ」ギャレットは夢中《むちゅう》になってジョイスティックとボタンを操作《そうさ》しながら、そう答《こた》えた。

「でも、お金《かね》を払《はら》っててんのよ」グレタが反論《はんろん》した。「ちゃんと教《おし》えてくれるのがふつうでしょ？」

ギャレットの指《ゆび》はせわしなく動《うご》きつづけている。「教《おし》えてるよ。いいか、とっておきのガーベッジ・アドバイスその1、おれのレッスンは、だまっていてこそ身《み》につくんだ」

3人《にん》の子《こ》どもたちは顔《かお》を見合《みあ》わせた。「お金《かね》、返《かえ》してほしいんだけど」グレタが言《い》った。

ギャレットはその言葉《ことば》を無視《むし》してプレイしつづけた。手首《てくび》が痛《いた》いのもがまんして、ついにラスボスをたおした。「やった！」ギャレットはこぶしをつき上《あ》げた。「この調子《ちょうし》なら、すぐにタイトルをとり返《かえ》せるぞ」そう言《い》うと、自慢《じまん》げにトロフィーを指《ゆび》さした。

レオはトロフィーに書《か》かれた文字《もじ》を口《くち》に出《だ》して読《よ》むと、言《い》った。「1989年《ねん》だって？　ぼくたち3人《にん》の年《とし》を合《あ》わせたぐらい昔《むかし》の話《はなし》じゃないか」

「おまえはいったい何年《なんねん》に世界《せかい》チャンピオンになったんだっけ？」ギャレットが皮肉《ひにく》っぽく聞《き》いた。

レオは答《こた》えられなかった。するとギャレットは、勝《か》ちほこったようににやりとした。

そのとき、店《みせ》の入《い》り口《ぐち》に郵便配達員《ゆうびんはいたついん》がやってきた。「ギャレット・ギャリソンさんですか？」

「今日《きょう》はサインしないぞ」とギャレット。自分《じぶん》にサインを求《もと》めてやってきたファンだと思《おも》いこんでいる。

郵便配達員《ゆうびんはいたついん》は手紙《てがみ》をさし出《だ》した。「立《た》ちのき通知《つうち》です」

第《だい》3章《しょう》

　ギャレットは封筒《ふうとう》から立《た》ちのき通知《つうち》を取《と》り出《だ》してちらっと見《み》ると、それをくしゃくしゃに丸《まる》めた。そして、３人《にん》の子《こ》どもたちのほうを向《む》いて言《い》った。

「今日《きょう》のレッスンは終《お》わりだ。つぎは金曜《きんよう》の４時《じ》な」

「もう来《こ》ないよ」とマイルズ。

「わたしも。あんたのレッスンってサイテー」グレタも言《い》った。

　子《こ》どもたちは笑《わら》いながらドアに向《む》かう。二度《にど》とやってくる気《き》はなさそうだった。

　ギャレットは帰《かえ》っていく子《こ》どもたちを見送《みおく》ると、手《て》のなかで丸《まる》まっている立《た》ちのき通知《つうち》に目《め》を落《お》とした。なんとかして家賃《やちん》を払《はら》わないと、この店《みせ》を手《て》ばなすことになる……。

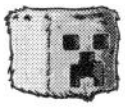

ギャレットは、トランクルームがならぶ大《おお》きな倉庫《そうこ》に向《む》かった。今日《きょう》は、持《も》ち主《ぬし》が放置《ほうち》しているトランクルームの中身《なかみ》が丸《まる》ごとオークションにかけられることになっている。オークションをとりしきるダリルとは顔見知《かおみし》りだった。

「ギャレット・ガーベッジマン！　こんなお楽《たの》しみにやってくるなんて、いったいどういう風《かぜ》のふきまわしだ？」ダリルが大《おお》きな声《こえ》で呼《よ》びかけた。

ギャレットはじょうだんを言《い》う気分《きぶん》にはとてもなれなかった。「お楽《たの》しみだって？　おれがトランクルームのオークションにただ遊《あそ》びに来《き》てるってのか？」

そう言《い》うと、ギャレットはダリルをわきに連《つ》れていって、こう続《つづ》けた。「いいか、おれは投資家《とうしか》だ。ビジネスマンなんだよ。すぐに現金《げんきん》にかえられるものが必要《ひつよう》なんだ」

ダリルはにやっと笑《わら》った。「あんた、運《うん》がいいぜ！　つぎにオークションにかけられるトランクルームの中身《なかみ》、ぜったい気《き》に入《い》るはずだ。イカれた坑夫《こうふ》が借《か》りてたんだが、もう10年近《ねんちか》くほうっておかれてる」

「それで？」ギャレットは興味《きょうみ》を持《も》った。

ダリルはリストを見《み》ながら言《い》った。「ウォーターベッド、ツルハシが数本《すうほん》、それにターコイズブルーのシャツ。こりゃ、拾《ひろ》いものだよ」

「拾《ひろ》いもの？」ギャレットは鼻《はな》で笑《わら》った。「聞《き》いてるかぎり、ガラクタばかりだけどな」

「それだけじゃないんだって」ダリルは少《すこ》しもったいぶった。「１９７８年製《ねんせい》のまぼろしのゲーム機《き》〈アタリ・コスモス〉がなかにあるはずなんだ」

ギャレットは目《め》を見開《みひら》いた。「コスモスだって？　まさしくお宝《たから》だぞ」

「そのとおり」ダリルは満面《まんめん》の笑《え》みを浮《う》かべた。

ギャレットは厚《あつ》ぼったい手《て》でダリルの肩《かた》をぽんぽんとたたいた。「おい、それを手《て》に入《い》れさせてくれたら、いっしょに遊《あそ》んでやってもいいぞ」

「それはどうも」ダリルがあきれていった。

「100ドル以下《いか》で落札《らくさつ》できるようにしてくれ。そうすれば、おまえの夢《ゆめ》はぜんぶかなうぜ」ギャレットはダリルとこぶしをつき合《あ》わせると、期待《きたい》に胸《むね》をふくらませてトランクルームに向《む》かって歩《ある》いていった。

数分後《すうふんご》、ダリルが木《き》づちを打《う》ちおろした。「落札《らくさつ》！　われらが地元《じもと》のヒーロー、ギャレット・ガーベッジマン・ギャリソンが900ドルで落札《らくさつ》！」

ほかの入札者《にゅうさつしゃ》たちは、つぎのトランクルームへと消《き》えていった。

ギャレットの顔《かお》は青《あお》ざめていた。900ドルなんて払《はら》うつもりはまったくなかった。喜《よろこ》んでなどいられない。そもそも、そんな大金《たいきん》、持《も》っていない。ギャレットはしかたなく小切手《こぎって》にサインし、小切手帳《こぎってちょう》から紙《かみ》を破《やぶ》りとるとダリルにわたした。「少《すく》なくとも半年間《はんとしかん》は現金化《げんきんか》しないほうがいいぞ」

ダリルは疑《うたが》うような目《め》で、ギャレットをじろっと見《み》た。

ギャレットはトランクルームのなかから、すぐにアタリ・コスモスの箱《はこ》を見《み》つけ、思《おも》わず喜《よろこ》びの声《こえ》をあげた。「ついにおでましだな」

ところが箱《はこ》を開《あ》けてみると、中身《なかみ》はビデオゲーム機《き》ではなくガラクタばかり。

「いや、いや、いや。うっそだろ。どこにあるんだよ！」

ギャレットはトランクルームのなかを引《ひ》っかきまわしてコスモスを探《さが》した。箱《はこ》をつぎつぎに引《ひ》きさいては、中身《なかみ》を外《そと》にほうり投《な》げる。

そこへ、ダリルがかけよってきた。「おい！　なにしてんだ？」

ギャレットは怒《いか》りをこめてふりむいた。「コスモスなんてないじゃないか！」

「だからって、トランクルームの中身《なかみ》をぶちまけるなよ！」

ギャレットはぼろぼろの折《お》りたたみいすに座《すわ》りこんだ。「そんなこと気《き》にしてられるかよ。おれはもう限界《げんかい》なんだ。店《みせ》もそうだし、手首《てくび》も昔《むかし》みたいに動《うご》かない。ゲーム教室《きょうしつ》の生徒《せいと》はどんどん減《へ》ってるし、どれだけプロテインをとっても筋肉《きんにく》はちっともつかない。今日《きょう》こそ……今日《きょう》こそどうしても〝勝《か》ち〟たかったんだ」そこまで言《い》うと立《た》ち上《あ》がり、大《おお》きく息《いき》をはいた。「なあ、よかったらちょっと店《みせ》に寄《よ》ってかないか？」

「こんなひどいありさまを見《み》させられたあとでか？　遠慮《えんりょ》しとくよ。今日一日《きょういちにち》分《ぶん》のゴミはもうさんざん見《み》たからな」ダリルはそう言《い》うと、すたすたと去《さ》っていった。

ギャレットは頭《あたま》をふりながら、トランクルームのガラクタをもう一度《いちど》ながめた。なんでもいい、なにか1つでも価値《かち》のあるものはないのだろうか？　そう思《おも》ってさらに奥《おく》を探《さぐ》ってみると、すみっこに見《み》なれないキューブがあった。拾《ひろ》いあげると、その物体《ぶったい》がぼんやり青《あお》く光《ひか》った。頼《たの》むからなんかの役《やく》に立《た》ってくれ……ギャレットはそのキューブと、同《おな》じところにあったふしぎなクリスタルの箱《はこ》を麻《あさ》の袋《ふくろ》にいっしょに入《い》れて、肩《かた》からさげた。

店《みせ》に向《む》かってスポーツカーを運転《うんてん》しながら、ギャレットはこれまでのさんざんな人生《じんせい》について思《おも》い出《だ》していた。これ以上悪《いじょうわる》くなるなんてありえない！

バーン！　いきなり、エンジンが爆発《ばくはつ》した！　ボンネットから黒《くろ》い煙《けむり》が出《で》て、前《まえ》がまったく見《み》えない。その瞬間《しゅんかん》、ギャレットの車《くるま》は道《みち》をはずれ、草《くさ》むらに思《おも》いきりつっこんだ。

第《だい》4章《しょう》

同《おな》じ日《ひ》、ナタリーはヘンリーを乗《の》せてアイダホの家《いえ》に向《む》かって車《くるま》を走《はし》らせた。ヘンリーは、ナタリーのティーンエージャーの弟《おとうと》だが、ナタリーが運転《うんてん》している間《あいだ》、ずっとノートに絵《え》をかいていた。ヘンテコなロボットの絵《え》で、その腕《うで》はプールで使《つか》う細長《ほそなが》い浮《う》き棒《ぼう》でできている。ナタリーがヘンリーに言《い》った。

「わたしだって、チャグラスにそこまで住《す》みたかったわけじゃないよ。でも、ママの最後《さいご》の願《ねが》いは、わたしたちがここに住《す》むことだった……っていうか、少《すく》なくともわたしはそう思《おも》ったの」

ヘンリーが困《こま》った顔《かお》になる。ナタリーは続《つづ》けた。

「とにかく、ここは家賃《やちん》がものすごく安《やす》くて、それにフルタイムの仕事《しごと》もある。

いまは、その2つがわたしたちに必要《ひつよう》なことでしょ？」

「まあ、そうだね」とヘンリー。

「ヘンリーもきっとチャグラスを気《き》に入《い》るよ。アイダホだからって、ポテトしかないちっぽけな町《まち》ってわけじゃないから」

ヘンリーはまゆをひそめた。「でも、やっぱり、アイダホっていったらポテトだよね……」

そう言《い》いながらも、あいかわらず絵《え》をかきつづけている。「ポテトチップスってさ……」ヘンリーがそう言《い》ったとき、車《くるま》の外《そと》から怒《おこ》ったようなさけび声《ごえ》が聞《き》こえてきた。

「うあああ!!」

びっくりしたふたりが車《くるま》の窓《まど》から外《そと》を見《み》ると、道路《どうろ》わきに止《と》まっている車《くるま》のエンジンから煙《けむり》が出《で》ていた。男《おとこ》がその車《くるま》のバンパーをけっている。ナタリーもヘンリーもこの男《おとこ》の名前《なまえ》がギャレットだとは知《し》らなかった……このときはまだ。

ふたりを乗《の》せた車《くるま》は、チャグラスの町《まち》はずれで、とてつもなく大《おお》きなポテトチップス工場《こうじょう》を通《とお》りすぎた。工場《こうじょう》の前《まえ》では、大《おお》きなポテトチップスの像《ぞう》がこちらに向《む》かって手《て》をふっている。〝チャギー〟と、看板《かんばん》にマスコットの名前《なまえ》が書《か》いてあった。

「ほら、見《み》て。あれが有名《ゆうめい》なポテトチップス工場《こうじょう》」ナタリーは得意《とくい》げに言《い》った。ところが窓《まど》を開《あ》けたとたんに、ヘンリーが聞《き》いた。「なんのにおい？」

「わたしの未来《みらい》のにおいよ」

しばらくすると、ナタリーは古《ふる》ぼけた家《いえ》の前《まえ》で車《くるま》を止《と》めた。ふたりの新《あたら》しいすみかだ。その家《いえ》の前《まえ》には、やる気《き》まんまんの不動産屋《ふどうさんや》、ドーン・ランシーが待《ま》っていた。長《なが》いドライブで体《からだ》じゅうがかたまってしまっていたナタリーとへンリーは、どうにか車《くるま》をおりた。

「どうも、ドーン！　ようやく会《あ》えましたね」ナタリーが声《こえ》をかけた。

「ナタリーね。どうぞ！」ドーンはポテトチップスがいっぱい入《はい》ったバスケットをさし出《だ》した。

「わあ、どうも」ナタリーはわざとうれしそうに言《い》った。

「この町《まち》の人《ひと》たちは、ポテトチップス工場《こうじょう》で働《はたら》くのが大好《だいす》きなの」

「ですよね。わたしは工場《こうじょう》のSNS《エスエヌエス》を担当《たんとう》することになりました。フォロワー数《すう》75人《にん》超《ご》えを目指《めざ》すって約束《やくそく》したんです」ナタリーは答《こた》えた。

「いいんじゃない。だけど、お肌《はだ》の手入《てい》れは忘《わす》れちゃダメよ。工場《こうじょう》で働《はたら》くと、みんな肌《はだ》がぼろぼろになっちゃうみたいだから」ドーンはそう言《い》うと、ヘンリーに向《む》かってにっこりした。「よろしくね、ヘンリー」

「どうも」そう答《こた》えたヘンリーは、ドーンの車《くるま》の窓《まど》から動物《どうぶつ》たちが顔《かお》を出《だ》していることに気《き》づいた。車《くるま》のドアには〝移動動物園《いどうどうぶつえん》〟というステッカーがはってある。「なんで、アルパカがいるの？」ヘンリーが聞《き》いた。

「ああ、あれ？　わたしはね、不動産屋《ふどうさんや》をやってるだけじゃない。副業《ふくぎょう》で〝移《い》動動物園《どうどうぶつえん》〟もやってんのよ。そうだ、動物園《どうぶつえん》の新《あたら》しいテーマソングをつくったとこなんだけど、聞《き》いてくれる？」

ドーンはスマホから流《なが》れる音楽《おんがく》に合《あ》わせて頭《あたま》をゆらしながら歌《うた》いはじめた。でもすぐに、時間《じかん》がないことを思《おも》い出《だ》した。「あ、急《いそ》がなきゃ！　移動動物園《いどうどうぶつえん》は遅《おく》れたらまずいのよ！　マディソンの10歳《さい》の誕生日《たんじょうび》は一度《いちど》きりだからね。なんかあったら電話《でんわ》して！」

「ありがとう」ナタリーが言《い》った。

ドーンはナタリーの手《て》をにぎると小声《こごえ》になった。「お母《かあ》さんのこと、本当《ほんとう》にお気《き》の毒《どく》。でもあなたって勇気《ゆうき》があるわ。それを伝《つた》えたくて」

ヘンリーは、新《あたら》しい寝室《しんしつ》で段《だん》ボール箱《ばこ》から本《ほん》や写真立《しゃしんた》てを出《だ》している。今日《きょう》からここが自分《じぶん》の部屋《へや》だ。ナタリーと母親《ははおや》と3人《にん》でとった写真《しゃしん》を棚《たな》にかざる。少《すこ》しの間《あいだ》、母親《ははおや》のことを思《おも》いながら、その写真《しゃしん》を見《み》つめた。

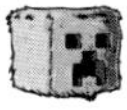

悲《かな》しくなったヘンリーは、絵《え》やアイデアを書《か》きとめているノートに手《て》をのばした。なにか別《べつ》のことを考《かんが》えていれば、悲《かな》しみをまぎらわすことができるからだ。ヘンリーがノートのページをめくっていると、下《した》の階《かい》から大《おお》きな音《おと》が聞《き》こえてきた。

ドスン！

「ヘンリー！」ナタリーの声《こえ》がした。「おりてきて、手伝《てつだ》ってよ！」

だが、そのときヘンリーの目《め》に、車《くるま》のなかで自分《じぶん》がかいたロボットの絵《え》が飛《と》びこんできた。そうだ！　ヘンリーは急《いそ》いで、廊下《ろうか》に置《お》かれた段《だん》ボール箱《ばこ》からドライヤー、浮《う》き棒《ぼう》、コーヒーメーカー、針金《はりがね》、電池《でんち》を引《ひ》っぱり出《だ》した。

キッチンでは、ナタリーがブタの形《かたち》をした手《て》づくりの水差《みずさ》しを箱《はこ》から出《だ》し、にこにこしながらその水差《みずさ》しをカウンターにそっと置《お》いた。それから声《こえ》を張《は》り上《あ》げた。「おりてきて！　キッチンの荷物《にもつ》を出《だ》すの、わたしひとりにやらせるつもり？　手伝《てつだ》ってよ、いますぐに！」

ところが、キッチンにやってきたのはヘンリーではなく、ヘンテコなロボットだった。ロボットの土台《どだい》は掃除機《そうじき》でできていて、そこに何台《なんだい》かのドライヤーがついている。頭《あたま》の部分《ぶぶん》はコーヒーメーカー、腕《うで》は発泡素材《はっぽうそざい》の浮《う》き棒《ぼう》。ドライヤーの風《かぜ》の力《ちから》を使《つか》って進《すす》んでいるようだ。それぞれのパーツは針金《はりがね》でつながっている。

「やあ、ナタリー」ロボットがしゃべった。ずいぶんと声《こえ》が高《たか》く、機械的《きかいてき》なしゃべりかただ。「きみのことは、とっても、とっても、とっても、とってもよく知《し》ってます！」すると、ロボットからパチパチと火花《ひばな》が飛《と》んだ。そのうしろからヘンリーもやってきた。

「ヘンリー、これなに？」ナタリーが聞《き》いた。

「新《あたら》しいお助《たす》けロボ。家《いえ》のことをいろいろ手伝《てつだ》ってくれるんだ」

「わたしが掃除機《そうじき》をかけている間《あいだ》にコーヒーをどうぞ」ロボットがまたしゃべった。「そうすれば、あなたは、ゆ、ゆ、ゆーっくりできますからね！」

ロボットの首《くび》の部分《ぶぶん》からまたもや火花《ひばな》が出《で》た。ナタリーは顔《かお》をしかめた。

「大丈夫《だいじょうぶ》だから」ヘンリーが安心《あんしん》させようとして言《い》った。「心配《しんぱい》しないで」

「明日《あした》は大事《だいじ》な日《ひ》なのよ。それに、こんなのなんの役《やく》にも立《た》たないじゃない」

「ごめん。ちょっとおもしろいかなって思《おも》って」

「わかってるよ」ナタリーはいらいらをおさえながら言《い》った。「ただね、ヘンリーがなにかつくるたびに、家《いえ》のなかのものがこわれるの。お願《ねが》いだから、もうちょっと……ふつうにしててくれない？」

「ぼくはふつうだよ！」ヘンリーはむっとした。

そのとき、ロボットからまた火花《ひばな》が散《ち》った。ロボットは動《うご》きまわりながら、浮《う》き棒《ぼう》の腕《うで》をふりまわした。すると、その腕《うで》が当《あ》たった水差《みずさ》しがカウンターから落《お》っこちた。ガシャン！

ナタリーはショックで、床《ゆか》に散《ち》らばった水差《みずさ》しのかけらをぼうぜんと見《み》た。

「ヘンリー！　それ、ママがわたしにつくってくれた水差《みずさ》しよ！」

「やっぱ……」ヘンリーも同《おな》じくらいショックだった。「ごめん、ごめんなさい」

「あーあ！」ロボットがかん高《だか》い声《こえ》で言《い》った。「わたしは、お、お、おっちょこちょいなルームメイト！」

ナタリーは、こわれたブタのかけらを拾《ひろ》いはじめた。「わたしは、ママみたいにこんなガラクタのロボットがステキだなんてとても思《おも》えない。だから、もういいかげん大人《おとな》になってよ！」

第《だい》5章《しょう》

つぎの日《ひ》の朝《あさ》、ヘンリーがキッチンに行《い》くと、ナタリーがオーブンからトレーを取《と》り出《だ》すところだった。「おはよう」ナタリーの声《こえ》はやさしかった。「ゆうべ、あんなにがみがみ言《い》うつもりなかったんだけど……。すごくつかれたから」

「わかってるよ」とヘンリー。

「見《み》て」ナタリーはオーブントレーをかかげた。「あんたのためにママ特製《とくせい》のポテトピザをつくってみた。転校初日《てんこうしょにち》に学校《がっこう》でみんなに配《くば》れるようにね」

ヘンリーは困《こま》った顔《かお》になった。「ぼくに〝ふつう〟にしててほしいんじゃなかったの？　それなのに、仲《なか》よくなってもらうために教室《きょうしつ》でポテトピザを配《くば》れってこと？」

「それとね……」ナタリーはヘンリーの言《い》うことを聞《き》こうとせずにしゃべりつづける。「ネットで調《しら》べたんだけどさ、この町《まち》の男《おとこ》の子《こ》たちの間《あいだ》では、自分《じぶん》の香《かお》りを持《も》つのがはやってるみたいよ」そう言《い》うと、ヘンリーに向《む》かってスプレー缶《かん》をさし出《だ》した。「はい、ボディースプレー買《か》っておいたから」

ヘンリーはラベルを読《よ》みあげた。「〝ベルベットのいたずら〟？」

「前《まえ》に向《む》かってスプレーして、そのミストのなかを通《とお》りぬけるのよ。自分《じぶん》に向《む》けてシュッてしちゃダメよ。強烈《きょうれつ》なにおいだからね」

ヘンリーはバッグをつかんだ。

「ヘンリー」ナタリーが声《こえ》をかける。「大好《だいす》きよ」

「ぼくも」ヘンリーは答《こた》えると、〝ベルベットのいたずら〟を空中《くうちゅう》にスプレーし、そのなかを通《とお》りぬけて出《で》ていった。

「うわっ。たしかに強烈《きょうれつ》」ナタリーはそう言《い》いながら、ヘンリーを見送《みおく》った。

ヘンリーは自転車《じてんしゃ》のハンドルの上《うえ》にポテトピザのトレーをのせると、落《お》とさないようにバランスをとりながら、学校《がっこう》に向《む》かって自転車《じてんしゃ》をこいだ。すると、途中《とちゅう》でゲームショップを見《み》つけた。〈ゲーム・オーバー・ワールド〉……。ぼく好《ごの》みのゲームショップだ！　ヘンリーは腕時計《うでどけい》を見《み》た。よし、まだ何分《なんぷん》か時間《じかん》があるぞ。そうつぶやくと、ピザのトレーを持《も》ったままその店《みせ》に入《はい》っていった。

ヘンリーは店内《てんない》のビデオゲームやコレクショングッズをくまなく見《み》てまわった。すると、チェストの上《うえ》に奇妙《きみょう》なキューブが置《お》かれているのを見《み》つけた。そのふしぎな物体《ぶったい》に引《ひ》きよせられて、手《て》をのばしたそのとき……。

「おい！　まだ店《みせ》を開《あ》けてないぞ！」ギャレットが、倉庫《そうこ》から持《も》ちかえった箱《はこ》の整理《せいり》をしながら大声《おおごえ》で言《い》った。

「あ、すみません。この店《みせ》、めちゃかっこいいですね！」

「まあな」ギャレットは自慢《じまん》そうだ。「なんか、探《さが》してんのか？」

ヘンリーは首《くび》をふった。「ただ、どんなものがあるのかなあって見《み》てるだけ」

「優柔不断《ゆうじゅうふだん》なやつだな」ギャレットはヘンリーをじろじろ見《み》た。「そういうやつは負《ま》けるって決《き》まってんだよ。おれがきたえてやる」そう言《い》うと、ヘンリーにチラシをわたした。〈ギャレット・ガーベッジマン・ギャリソンのメンタル・トレーニング――過去《かこ》の自分《じぶん》を捨《す》てて、勝《か》ちつづけろ〉

「ちょうど新《あたら》しいトレーニングプログラムを始《はじ》めたとこだ。人生《じんせい》っていうゲームで勝《か》ちたい連中《れんちゅう》に向《む》けてな。１時間《じかん》50ドルだ」

「かっこいい」チラシを見《み》てもよくわからなかったが、ヘンリーはとりあえずそう言《い》った。「で、どうやったら人生《じんせい》で〝勝《か》てる〟の？」

ギャレットはにやっとした。「いい質問《しつもん》だ。それを教《おし》えるには金《かね》をもらわないとな」そこまで言《い》うと、ヘンリーがトレーを持《も》っていることに気《き》づいた。「そのピザはなんだ？」

「ああ、姉《ねえ》さんがつくってくれたんだ。友《とも》だちつくるために、学校《がっこう》で配《くば》れって」

ギャレットは顔《かお》をしかめる。「そりゃ、とんだ災難《さいなん》だな」それから鼻《はな》をクンクンさせた。「おまえも〝ベルベットのいたずら〟をつけてんのか。いいコロンだよな。若《わか》いやつはそれぞれ、自分のにおいを持《も》ってたほうがいいからな。だけど、おまえには合《あ》わないいんじゃないか」

そう言《い》われたヘンリーは、自分《じぶん》の肩《かた》に鼻《はな》を近《ちか》づけてみた。「そんなにたくさんつけたつもりはないいんだけどなあ」

「みんな、そう思《おも》うもんだ。いいか、とっておきのガーベッジ・アドバイスをタダで教《おし》えてやるよ。友情《ゆうじょう》はパズルみたいなもんだ。かっこよくなるためにたくさんのピースが必要《ひつよう》なときもあれば、たった1つのピースでいいときもある。ただし、こう言《い》われるだろうよ。『1つしかないいんだったら、パズルじゃなくてただの絵《え》だ』ってな。まあ、そう言《い》われてみりゃそうなんだけどな」そこまで話《はな》すと、ギャレットは机《つくえ》の角《かど》に座《すわ》った。「なんか質問《しつもん》あるか？」

「そりゃあるよ」ヘンリーはとまどってる。「いろいろね」

「つまりだな、team（チーム）に〝I〟（自分《じぶん》）はないが、winning（勝《か》ち）には〝I〟（自分《じぶん》）が2つもあるってことさ」

「なるほどね」ヘンリーはチラシをバッグにつっこんだ。「そろそろ、学校《がっこう》に行《い》かなくちゃ」

「わかったよ、ガリ勉小僧《べんこぞう》。ところで悪《わる》いことは言《い》わないから、そのピザはここに置《お》いてけ」

ヘンリーの初日《しょにち》の授業《じゅぎょう》の1つはガンチー先生《せんせい》の美術《びじゅつ》だった。ガンチー先生《せんせい》はショートパンツにタートルネック姿《すがた》、首《くび》からホイッスルをぶらさげている。チャイムが鳴《な》ると先生《せんせい》が言《い》った。「ようし、みんな、今日《きょう》からこの学校《がっこう》に転校《てんこう》してきたヘンリーにあいさつしよう。いくぞ、ワン、ツー、スリー、『ハイ、ヘンリー』」先生《せんせい》以外《いがい》はだれひとり、あいさつしなかった。何人《なんにん》かが、ゴホンとせきをしただけだ。

「どうも」ヘンリーはそう答《こた》えると、席《せき》に向《む》かった。

「ようし。わたしはガンチー。ついでに言《い》っておくと、体育《たいいく》の教師《きょうし》だが、予算《よさん》削減《さくげん》のために美術《びじゅつ》も教《おし》えてる」そして、ヘンリーのほうを向《む》いた。「では、ヘンリー、初日《しょにち》からぶっぱなすぞ！　今日《きょう》の課題《かだい》は静物画《せいぶつが》だ」ガンチーは果物《くだもの》を2つ、お皿《さら》の上《うえ》にどんと置《お》いた。「オレンジとバナナだ。さあ、みんなとりかかれ！」ピーーーー！

生徒《せいと》たちは絵《え》をかきはじめた。ヘンリーも熱心《ねっしん》にスケッチしている。ガンチー先生《せんせい》は生徒《せいと》たちの間《あいだ》をゆっくりと歩《ある》きまわった。しばらくすると短《みじか》くホイッスルを吹《ふ》いた。ピーー！

「はい、顔《かお》を上《あ》げて」先生《せんせい》はトレバーという名前《なまえ》の生徒《せいと》の絵《え》を手《て》にとると、みんなに見《み》えるようにかかげた。「みんな、このスケッチはどうだ？　すばらしいじゃないか。本当《ほんとう》の果物《くだもの》が目《め》の前《まえ》にあるみたいだよな。トレバー、このオレンジにはいったいどんな色《いろ》を使《つか》ったんだ？」

トレバーは肩《かた》をすくめた。「ふつうのオレンジ色《いろ》……だと思《おも》いますけど」

「みんな、落《お》ちこむことはないぞ。だれもがトレバーみたいになれるわけじゃないからな。だから、トレバーのまねをすればいいってもんじゃないんだ」そして、オレンジを1つ、トレバーにわたすと、またもや生徒《せいと》たちの絵《え》を見《み》ながら教室《きょうしつ》のなかを歩《ある》きまわった。

やがて先生《せんせい》は、ヘンリーの絵《え》を見《み》て足《あし》を止《と》めた。

「おっと」両手《りょうて》でアルファベットの〝T〟の字《じ》をつくってみせる。「ちょっとタイム、ちょっとタイム」そう言《い》うとヘンリーのスケッチブックをとりあげて、生徒《せいと》たちに見《み》せた。そこには、ジェット推進式《すいしんしき》の飛行装置《ひこうそうち》、ジェットパックをしょっているバナナの絵《え》があった。そのスケッチはとても細《こま》かくて正確《せいかく》だ。

「課題《かだい》とぜんぜんちがうじゃないか。静物画《せいぶつが》ってなんだか知《し》らないのか？　見《み》たものをありのままにかくってことだぞ」

「ちょっとアイデアを思《おも》いついちゃったんで」ヘンリーは興奮《こうふん》している。「これは、ぼくがずっと考《かんが》えてたジェットパックのデザインなんですけど……」

「それは〝ありのまま〟とは言《い》わないよな？」先生《せんせい》はヘンリーの言葉《ことば》をさえぎると、スケッチブックをパタンと閉《と》じた。

「でも、ダリの作品《さくひん》だってありのまま、つまりリアルじゃありませんよね」へンリーはシュールリアリズムの画家《がか》、サルバドール・ダリを例《れい》にあげた。美《び》術《じゅつ》の教師《きょうし》なら、まちがいなくダリを知《し》っていると思《おも》ったからだ。

だが、そうではなかった。

「わたしは新婚旅行《しんこんりょこう》でダ、、、リーウッドに行《い》ったが……」ガンチー先生《せんせい》は、カントリー歌手《かしゅ》、ダリー・パートンのテーマパークに行《い》ったときのことを思《おも》い出《だ》したようだった。「空飛《そらと》ぶバナナなんて見《み》たおぼえがないぞ。やり直《なお》し！」先生《せんせい》はまた短《みじか》くホイッスルを吹《ふ》いた。ピー！　ピー！　ピー！　それから、ヘンリーにピンク色《いろ》の消《け》しゴムを投《な》げると、教卓《きょうたく》にもどった。

トレバーがヘンリーのほうに身《み》を乗《の》りだした。「そんなジェットパック、ぜったいにうまくいかないよ」

ヘンリーはすぐさま反論《はんろん》した。「いや、推力《すいりょく》と質量《しつりょう》の比率《ひりつ》を計算《けいさん》すれば、確《かく》実《じつ》にうまくいく。たんに数学《すうがく》の問題《もんだい》さ」

トレバーの友《とも》だちも話《はなし》に入《はい》ってきた。「パパが言《い》ってたよ。数学《すうがく》なんてインチキだって」

「見《み》てみろよ」トレバーがばかにして笑《わら》った。「この転校生《てんこうせい》、自分《じぶん》はロケット科学者《かがくしゃ》だと思《おも》ってるみたいだぜ」

ヘンリーはよもやからかわれているとは思《おも》わずに、こう言《い》った。「ロケット科学者《かがくしゃ》かあ、なりたいよね」

「へえ。じゃあ、なってみればいいじゃん」トレバーが言《い》った。

ヘンリーの目《め》がきらりと光《ひか》った。

第《だい》6章《しょう》

その日《ひ》の午後《ごご》、ガンチー先生《せんせい》、トレバー、さらに数人《すうにん》の生徒《せいと》はアメリカンフットボールのグラウンドにいた。みんな、ヘンリーのまわりに集《あつ》まっている。ヘンリーは、実験室《じっけんしつ》から借《か》りたガイコツを持《も》っていた。そのガイコツに、理科《りか》の授業中《じゅぎょうちゅう》にひそかに組《く》み立《た》てたジェットパックを取《と》りつけたのだ。

ヘンリーがノートで何度《なんど》めかの計算《けいさん》をしている間《あいだ》に、トレバーの仲間《なかま》のひとりがこっそり、ジェットパックのワイヤーを1本《ぽん》切《き》った。

「よし」ヘンリーは計算《けいさん》がまちがいないことを確認《かくにん》すると満足《まんぞく》そうに言《い》った。

「トレバー、カウントダウンして」

「5……4……3……」トレバーとほかの生徒《せいと》たちが声《こえ》を合《あ》わせる。

ブシューー！　ガイコツはフライングして発射《はっしゃ》し、クルクルと回《まわ》りながら飛《と》んでいく。そして、〈チャギー・ポテトチップス〉工場《こうじょう》にまっすぐ向《む》かっていった！

ガンチー先生《せんせい》も生徒《せいと》たちも大《だい》あわてで逃《に》げだした。「わたしはここにいなかったことにしてくれ！　いいな？」先生《せんせい》はそうさけびながら走《はし》り去《さ》った。だが、ヘンリーはその場《ば》に立《た》ったまま、ガイコツがどこまで飛《と》んでいくのか、じっと見《み》ていた。

ドカーーン！　ジェットパックをしょったガイコツが工場《こうじょう》の煙突《えんとつ》にぶつかった。そのとたん、煙突《えんとつ》は、この町《まち》のシンボル、マスコットの巨大《きょだい》なチャギーの像《ぞう》に向《む》かってたおれた。バッチャーン！　チャギーは煙突《えんとつ》といっしょに、工場《こうじょう》の下《した》を流《なが》れる川《かわ》のなかに落《お》ちていった。

ヘンリーはすぐさま、副校長室《ふくこうちょうしつ》に呼《よ》ばれた。副校長先生《ふくこうちょうせんせい》がヘンリーに言《い》った。

「いいニュースは、だれも命《いのち》を落《お》とさなかったこと。悪《わる》いニュースは、あなたのせいでポテトチップスをアメリカじゅうに届《とど》けられなくなったことです」

「本当《ほんとう》にごめんなさい。事故《じこ》だったんです」

「ヘンリー、この学校《がっこう》をやめてもらわなきゃならないかもしれませんよ。保護《ほご》者《しゃ》に電話《でんわ》しなさい」

廊下《ろうか》に出《で》ると、ヘンリーは自分《じぶん》のスマホにナタリーの携帯《けいたい》の番号《ばんごう》を表示《ひょうじ》させた。ナタリーはきっとうろたえて、めちゃめちゃ怒《おこ》るだろうな……。そこで、別《べつ》の番号《ばんごう》に電話《でんわ》することにした。

「はい、ゲーム・オーバー・ワールド」ギャレットが出《で》た。

「ええと、ガーベッジマン？」ヘンリーはまわりを見《み》わたしてだれにも聞《き》かれていないことを確《たし》かめると、小《ちい》さな声《こえ》で話《はな》した。「ヘンリーです。あの、ポテトピザをあげた……」

「ああ、おまえか。あのピザな、たしかにポテトの味《あじ》はしたが、でもポテトをあんなふうにおおっちまうと、蒸《む》したみたいになっちまって……」

「ごめん」ヘンリーはあせっていた。「あの、ちょっとヘンなお願《ねが》いなんだけど。学校《がっこう》に来《き》てくれないかな、ぼくのおじさんのふりをしてほしいんだ」

「はあ？　できるわけないだろ、そんなこと」

ヘンリーはポケットを探《さぐ》った。「ええと……26ドル持《も》ってるけど……」

まもなく、ギャレットの車《くるま》が校内《こうない》にすべりこんだ。副校長先生《ふくこうちょうせんせい》もヘンリーといっしょに外《そと》で待《ま》っていた。ギャレットは車《くるま》から飛《と》び出《だ》すと言《い》った。「どうも。ヘンリーのおじです」

「あなたが？　ミスター・ゴミぶくろよね？」副校長《ふくこうちょう》がおどろいて言《い》った。

「いや、ガーベッジマン（ゴミ収集人《しゅうしゅうにん》）です」ギャレットは、できるだけチャーミングな笑《わら》い顔《がお》になって、まちがいを正《ただ》した。

副校長先生《ふくこうちょうせんせい》はすっかりだまされた。


ギャレットはヘンリーを連《つ》れて、自分《じぶん》の店《みせ》〈ゲーム・オーバー・ワールド〉にもどった。「で、いったいなにがあったんだ、小僧《こぞう》？」店《みせ》に入《はい》りながら、ギャレットがたずねる。

「えっと……今日《きょう》、ポテトチップス工場《こうじょう》でなにが起《お》きたか、知《し》ってる？」ヘンリーが反対《はんたい》に聞《き》く。

ギャレットはうなずいた。すでに町《まち》じゅうのうわさになっているのだ。

「あれ、ぼくのせいなんだ」とヘンリー。

「マジか？　おまえがやったのか？　少年院《しょうねんいん》にでも入《い》れられるんじゃない

か?」町《まち》のマスコットをたおして川《かわ》に落《お》としたとなれば、だれだろうと刑務所《けいむしょ》送《おく》りだとギャレットは思《おも》った。

ヘンリーはしょんぼりした。「わかんないよ。これからどうなるんだろう? でも、きっと姉《ねえ》さんの仕事《しごと》はなくなっちゃうよね」

そう言《い》うと、ヘンリーは自分《じぶん》のバッグを開《あ》けた。ギャレットからもらったチラシがスケッチブックのページの間《あいだ》にはさまっている。それを取《と》り出《だ》そうとしたはずみでスケッチブックが開《ひら》き、ヘンリーがかいた絵《え》が1枚《まい》見《み》えた。ギャレットは、なんだなんだとスケッチブックを手《て》にとると、つぎつぎとページをめくった。そして、すっかりヘンリーの絵《え》に感心《かんしん》して言《い》った。「なかなかやるじゃないか、小僧《こぞう》。宇宙《うちゅう》に行《い》く最初《さいしょ》のバナナか? 気《き》に入《い》った。チャグラスの町《まち》には、おれ以外《いがい》にも本当《ほんとう》に才能《さいのう》のあるやつがいるのかもな」

「うーん。世界《せかい》じゅうのだれも、そうは思《おも》ってくれないんじゃないかな」そう答《こた》えたヘンリーは、ギャレットの手《て》からスケッチブックをとりあげた。そして、パタンと閉《と》じてゴミ箱《ばこ》に投《な》げすてた。

ギャレットは顔《かお》をしかめた。こいつにとっては今日《きょう》はマジでひどい一日《いちにち》だったんだな。

だがそのとき、あるものがヘンリーの目《め》にとまった。麻《あさ》の袋《ふくろ》に入《はい》ったキューブだ。

キューブは光《ひか》りかがやいていた！

第《だい》7章《しょう》

「うわ！」ヘンリーは袋《ふくろ》に近《ちか》づいていった。「それなに？」

ギャレットはなんの話《はなし》をしているのかとヘンリーの視線《しせん》の先《さき》を見《み》た。「さあな。オカルトチックなガラクタかなんかだろ。9ドル50セントなら売《う》れるかもな」

ヘンリーは袋《ふくろ》を開《あ》けた。クリスタルの箱《はこ》の横《よこ》にキューブがあり、さらに明《あか》るく光《ひか》っている。「なにに使《つか》うもの？」ヘンリーはつぶやいた。

今度《こんど》は、キューブの青《あお》い光《ひかり》がヘンリーの心臓《しんぞう》と同《おな》じリズムでピカピカと点《てん》めつしはじめた。ヘンリーはキューブのふしぎな力《ちから》に吸《す》いこまれるようにじっと見《み》つめ、決心《けっしん》したようにそのキューブを手《て》にとった。すると、その下《した》に古《ふる》い紙《かみ》が1枚《まい》あった。文字《もじ》が走《はし》り書《が》きされている。

「ねえ、これ、なんかの注意書《ちゅういが》きみたいだね」ヘンリーはそう言《い》うと、その文《も》字《じ》を読《よ》みあげた。「〝どんなことが起《お》きても、アース・クリスタルボックスとオーブをいっしょにしてはならない〟」

ギャレットも光《ひか》るキューブに引《ひ》きつけられ、ヘンリーの背後《はいご》にやってきた。

「ここでもう1つ、とっておきのガーベッジ・アドバイスをしてやるよ。タダでな」ギャレットは言《い》った。「勝《か》つやつは、指示《しじ》になんかしたがわないもんだ！」

それを聞《き》いたヘンリーは、ドキドキしながら息《いき》を大《おお》きく吸《す》うと、オーブをクリスタルボックスのなかに入《い》れた。シュオオオン！　オーブとボックスが一体《いったい》となり、ヘンリーをドアのほうに引《ひ》っぱりはじめた。

「どこかに行《い》きたがってるみたい！」ヘンリーはさけんだ。

ギャレットが紙《かみ》を裏返《うらがえ》しにしてみると、裏《うら》にもなにか書《か》いてある。「待《ま》てよ、まだ続《つづ》きがあるぞ。〝オーブにはついていくな！　たとえ、おまえがどん底《ぞこ》にいる経営者《けいえいしゃ》で、いますぐに大金《たいきん》が必要《ひつよう》だとしても。たしかに、この先《さき》には山《やま》ほど宝《たから》がある。だが、危険《きけん》をおかすほどの価値《かち》はない！〟」ギャレットは目《め》をかがやかせてヘンリーを見《み》た。

宝《たから》!?　それが手《て》に入《はい》れば、この店《みせ》を救《すく》えるかもしれない！

ヘンリーは首《くび》をふった。「そんなことできないよ。ナタリーに殺《ころ》される。もう一生分《いっしょうぶん》やらかしちゃったからね」

オーブは青《あお》く点《てん》めつしながら、クリスタルボックスのなかでふるえた。

そのころ、不動産屋《ふどうさんや》のドーンの車《くるま》は、移動動物園《いどうどうぶつえん》の動物《どうぶつ》を乗《の》せたまま、ナタリーの家《いえ》の前《まえ》に止《と》まった。パニックになったナタリーからの電話《でんわ》で、ドーンがかけつけたのだ。

「ごめんなさい！」ナタリーが玄関《げんかん》から走《はし》って出《で》てきた。「やれることはぜんぶやったの。でも、あなたのほかに頼《たよ》れる人《ひと》がいなくて」

「いいってことよ！」ドーンはナタリーを安心《あんしん》させようとして言《い》った。「で、いったいどうしたの？」

「ヘンリーがいなくなったの。学校《がっこう》にも連絡《れんらく》したし、ヘンリーのスマホにも百万回電話《ひゃくまんかいでんわ》した。もうとっくに帰《かえ》ってる時間《じかん》なのに」

「マスコットのチャギーを殺《ころ》しちゃったから、それで学校《がっこう》に居残《いのこ》りさせられてるんだと思《おも》ってたけど」

「なんですって⁉」ナタリーは大声《おおごえ》でさけんだ。「あれ、ヘンリーのしわざなの？」

「ちょっと、スマホ貸《か》して」とドーン。

「うそでしょ！」ナタリーはスマホを手《て》わたしながら言《い》った。「信《しん》じられない。きのう、ここに来《き》たばっかりなのに。ヘンリーがそんな大騒動《おおそうどう》を起《お》こして、それがもう町《まち》じゅうに知《し》られてるなんて……」

ドーンは、ナタリーのスマホのＧＰＳ《ジーピーエス》機能《きのう》を使《つか》ってヘンリーの居場所《いばしょ》をつきとめた。「見《み》つけた。ヘンリーは無事《ぶじ》よ。使《つか》われなくなった鉱山《こうざん》で遊《あそ》んでる」

「どういうこと⁉」

ドーンは車《くるま》に向《む》かった。「乗《の》って。運転《うんてん》するから」そう言《い》うとナタリーに袋《ふくろ》をわたして、うしろのシートにいるラマをあごで指《さ》した。「ミスター・スクリブルズにこの不格好《ぶかっこう》なニンジンをあげてちょうだい。早《はや》くしたほうがいいよ。顔《かお》をかじられたくないならね」

「それなら、わたしが運転《うんてん》してもいいんだけど……」ナタリーは言《い》った。

ヘンリーとギャレットはチカチカ光《ひか》るキューブにみちびかれて、鉱山《こうざん》までやってきた。スティーブが何年《なんねん》か前《まえ》に見《み》つけた鉱山《こうざん》だ。さびた看板《かんばん》には、〝危《き》険《けん》！　法律《ほうりつ》により立《た》ち入《い》り禁止《きんし》！〟とある。

「やめとこうよ」ヘンリーが看板《かんばん》を見《み》て言《い》った。「うちに帰《かえ》ろう」

「いまさらもどれるか」ギャレットが反対《はんたい》した。「こんなに遠《とお》くまで来《き》ちまったんだぞ」

「店《みせ》から7分《ふん》のところだよ」ヘンリーが冷静《れいせい》に言《い》い返《かえ》す。

「下《さ》がってろ、ハンク」ギャレットはヘンリーに向《む》かってそう言《い》うと、ゲートのさびた鎖《くさり》をつかんで引《ひ》きちぎろうとした。だが、悪戦苦闘《あくせんくとう》してうめきだした。

その横《よこ》でヘンリーはゲートのかけ金《がね》をさっとはずして、さっさとなかに入《はい》っていった。「いいぞ、ハンク」ギャレットはとりつくろうことにした。「テストに合格《ごうかく》だ。おまえのために、ずっと前《まえ》から用意《ようい》しておいたんだ」

ふたりはうす暗《ぐら》い鉱山《こうざん》に入《はい》った。キューブの光《ひかり》で行《ゆ》く先《さき》を照《て》らしながら、たおれた木材《もくざい》の横《よこ》を通《とお》りすぎる。

「見《み》て！」ヘンリーが前《まえ》を指《ゆび》さした。

鉱山《こうざん》のトンネルの奥《おく》で、神秘的《しんぴてき》なポータルが青《あお》く光《ひか》っている。きらめくポータルに近《ちか》づくにつれて、ヘンリーの手《て》のなかのキューブの光《ひかり》がますます強《つよ》くなっていく。

「宝《たから》のにおいがするぞ」ギャレットは目《め》の前《まえ》の光景《こうけい》にあっけにとられながらも、そうつぶやいた。

「ヘンリー！　こんなところでなにしてるの!?」突然《とつぜん》、ナタリーの大声《おおごえ》がした。

ヘンリーとギャレットはびっくりして飛《と》び上《あ》がった。ナタリーはドーンとともにふたりを追《お》って走《はし》ってきたのだ。そしてギャレットを指《ゆび》さして、「この人《ひと》は？」と聞《き》いた。

「ぼくの新《あたら》しいコーチ」ヘンリーは、さっきのおどろきでまだドキドキしていたが、息《いき》を切《き》らしながらもそう答《こた》えた。

「やあ」ギャレットがにっこり笑《わら》って手《て》を上《あ》げた。「ギャレット・ガーベッジマンだ」

「え、なんて？」ナタリーが聞《き》き返《かえ》す。

「みんな！」キューブの力《ちから》でポータルのほうへ引《ひ》っぱられながらヘンリーが言《い》った。

ギャレットが急《いそ》いでヘンリーをつかんだ。だが、ギャレットのような大男《おおおとこ》でもおさえきれないほど、キューブの引力《いんりょく》は強《つよ》かった。ナタリーがギャレットをつかみ、ドーンがナタリーをつかむ。それでも、ヘンリーはどんどん引《ひ》っぱられていく。

「ヘンリー！　手《て》に持《も》ってるものを放《はな》して！」ナタリーがさけんだ。

ヘンリーはキューブをじっと見《み》た。そう、ただこれから手《て》を放《はな》せばいいだけだ。そうすれば安全《あんぜん》だ。そうするのが〝ふつう〟だ。

だが、ヘンリーはキューブを手《て》から放《はな》さなかった。

そのかわりに目《め》を閉《と》じて、ポータルが引《ひ》っぱるにまかせた――ギャレット、ナタリー、ドーンを引《ひ》きつれたまま……。

第《だい》8章《しょう》

シュオーーン！　ドスン！

ヘンリーはポータルの反対側《はんたいがわ》からいきおいよく飛《と》び出《だ》して、オーバーワールドの草《くさ》の上《うえ》にたおれこんだ。手《て》のなかのオーブとクリスタルボックスが地面《じめん》にころがる。

ヘンリーは地面《じめん》に横《よこ》たわり、指《ゆび》の間《あいだ》で草《くさ》にふれた。あれ、明《あき》らかにおかしい。ふつうの葉《は》っぱじゃない。ひょっとして……四角《しかく》い？　体《からだ》を起《お》こしてあたりを見《み》まわすと、四角《しかく》いブロックだらけの奇妙《きみょう》な光景《こうけい》が広《ひろ》がっていた。

ドスン！　ドスン！　ドスン！

ギャレット、ナタリー、ドーンもポータルから飛《と》び出《だ》してきて、ヘンリーの上《うえ》にドサドサッと落《お》ちた。3人《にん》はうめきながら、もつれ合《あ》った体《からだ》を引《ひ》きはなして立《た》ち上《あ》がった。そして、自分《じぶん》たちがいる場所《ばしょ》を見《み》つめた。

信《しん》じられない景色《けしき》。

すべてがキューブでできている。山《やま》という山《やま》はまるで階段《かいだん》が続《つづ》いているみたいで、その上《うえ》にごつごつとした雲《くも》が浮《う》かび、空《そら》には四角《しかく》い太陽《たいよう》がかがやいている。

地平線《ちへいせん》まで続《つづ》く田園風景《でんえんふうけい》を見《み》わたすと、砂漠《さばく》、ジャングル、凍原《とうげん》、草原《そうげん》、そして遠《とお》くに海《うみ》が見《み》える。だが、そのどれもがふつうじゃない。

「ここはもう、アイダホじゃないな」ギャレットがびっくりしてつぶやいた。

ナタリーは頭《あたま》をふり、目《め》をこすった。いま見《み》ているものが現実《げんじつ》だとは信《しん》じたくなかった。「わたしたち、きっと同《おな》じ幻覚《げんかく》を見《み》てるんだわ。みんなでおかしな精神状態《せいしんじょうたい》になってんのよ。フランス人《じん》が〝フォリ・ア・ドゥー〟って呼《よ》んでるやつよ」

ギャレットは鼻《はな》で笑《わら》った。「まったくフランス人《じん》ってのは、なんにでもおかしな名前《なまえ》をつけやがる」

「それが言語《げんご》ってものでしょ」ドーンがぴしゃりと言《い》った。「ところで、あんただれ？」

「ギャレット・ガーベッジマン・ギャリソン。１９８９年《ねん》のゲームの世界《せかい》チャンピオンだ」

ヘンリーは先《さき》ほど手《て》から落《お》ちたキューブを拾《ひろ》いあげた。キューブはヘンリーの手《て》のなかでチカチカ光《ひか》りながら、またもやヘンリーを引《ひ》っぱりはじめた。

「ギャレット、オーブがまたどこかに行《い》こうとしてるよ。あそこにいる、ピンクのヘンなものに向《む》かってるみたい」

ギャレットはヘンリーの視線《しせん》の先《さき》を見《み》た。そこにいたのはピンクの羊《ひつじ》だった。

その羊《ひつじ》を見《み》たとたん、ギャレットのゲーマーとしての直感《ちょっかん》が働《はたら》いた。「ははあ、ここの生《い》き物《もの》だな。もし、おれの考《かんが》えているとおりだとすれば、あの羊《ひつじ》が最初《さいしょ》のクエストをくれるってことだ」それから、にやりと笑《わら》った。「ハンク、すぐに金持《かねも》ちになれるぞ！　羊《ひつじ》とはおれが話《はな》すからな」

ヘンリーとギャレットは点《てん》めつするオーブに引《ひ》っぱられ、あっというまに、ピンクの羊《ひつじ》のところまで連《つ》れていかれた。

「ヘンリー！　もどってきて！」ナタリーが弟《おとうと》に向《む》かってさけぶ。だがしかたなく、ドーンとともに、お宝《たから》に夢中《むちゅう》になっているふたりを走《はし》って追《お》いかけた。

うす暗《ぐら》いネザーの奥深《おくふか》く、ピグリンたちは金《きん》をたたいて防具《ぼうぐ》や武器《ぶき》をつくっている。ネザーで許《ゆる》されているクラフトは、戦争《せんそう》をしたり、なにかを破壊《はかい》したりするのに役立《やくだ》つものをつくることだけ。ただし、ピグリンのリーダー、マルゴシャの栄光《えいこう》と名誉《めいよ》をたたえるものは例外《れいがい》だ。

マルゴシャの杖《つえ》の先《さき》はチラチラと光《ひか》り、一瞬《いっしゅん》強《つよ》い光《ひかり》を放《はな》ったかと思《おも》うと、もとのかがやきを取《と》りもどした。マルゴシャはおぞましい笑《わら》いを浮《う》かべ、目《め》をぎらぎらさせながら、低《ひく》い声《こえ》で言《い》った。「支配《しはい》のオーブだ！　ついにもどってきたぞ！」何年《なんねん》か前《まえ》にどんなふうにオーブがうばわれたかを思《おも》い出《だ》しているようだ。それをうばったのは、だれかということも……。

2匹《ひき》のピグリンを護衛《ごえい》にしたがえ、マルゴシャはまっすぐ歩《ある》いていく。向《む》かう先《さき》は、スティーブがいまもとらわれている地下牢《ちかろう》、つまりダンジョンだ。ダンジョンのスティーブは、のび放題《ほうだい》のひげがからみ合《あ》い、とても汚《きたな》らしく見《み》えた。両手《りょうて》は鎖《くさり》で岩壁《いわかべ》につながれている。それなのに、スティーブはピグリンの魔女《まじょ》の像《ぞう》をノミで彫《ほ》っていた。そこへ突然《とつぜん》、マルゴシャがあらわれた。スティーブは思《おも》わずノミを落《お》としてしまった。

「マルゴシャ様《さま》！　ご主人様《しゅじんさま》！」スティーブはさけんだ。「来《き》てくれて、めちゃくちゃうれしいです。うれしいニュースをお伝《つた》えしましょうか？　あなたのためにつくった歌《うた》にのせてお聞《き》かせしますぜ」スティーブはそう言《い》って、鼻歌《はなうた》を歌《うた》いはじめた。

マルゴシャは杖《つえ》の先《さき》を石《いし》の床《ゆか》にたたきつけた。

バアアアン！

「〝ノー〟っていうことですね」とスティーブ。

「オーブがもどったのだ！」マルゴシャが高《たか》らかに言《い》った。

スティーブは目《め》を見開《みひら》いた。「そんなはずはない。デニスが持《も》ってきたってことですかい？」

「オーブの力《ちから》であたしは太陽《たいよう》をおおいかくし、今度《こんど》こそオーバーワールドを完《かん》全《ぜん》に破壊《はかい》してみせる！」マルゴシャは高笑《たかわら》いした。それから、スティーブの胸《むね》に杖《つえ》を向《む》けると、こう続《つづ》けた。「おまえがあたしからオーブをぬすんだのだから、おまえがオーブを取《と》りもどせ」

スティーブは両手《りょうて》を鎖《くさり》でつながれながらも、せいいっぱい頭《あたま》を下《さ》げた。「なんという光栄《こうえい》、ご主人様《しゅじんさま》！」

「だからいま、ここから出《だ》してやる」マルゴシャはそう言《い》うと、護衛《ごえい》のピグリンのほうを向《む》いてうなずいた。「くれぐれも、愚《おろ》かなまねはするなよ」

「もちろんですとも」スティーブは答《こた》えた。ピグリンたちによって手《て》の鎖《くさり》がはずされた。そのとたん、スティーブはピグリンの剣《けん》を1本《ぽん》うばうと、マルゴシャの喉《のど》もとにつきつけた。「奇襲攻撃《きしゅうこうげき》だ！」

マルゴシャは笑《わら》いながら、デニスの首輪《くびわ》をスティーブの目《め》の前《まえ》にかかげた。

「やってみな。その剣《けん》でさせるものなら、さしてみな。あたしのピグリンたちがおまえのいとしいオオカミをおいしくいただくことになるだけだ」

「デニスを？　デニスはどこにいるんだ？　あんたの言《い》ってることが本当《ほんとう》だって、どうしてわかる？」

「かんたんには教《おし》えないよ」マルゴシャは言《い》う。「確《たし》かめる方法《ほうほう》はただ1つ。オーブを持《も》ってこい……おまえのかわいいオオカミちゃんの命《いのち》と引《ひ》きかえにな」

第《だい》9章《しょう》

ギャレット、ヘンリー、ナタリー、ドーンはピンクの羊《ひつじ》のまわりに集《あつ》まった。羊《ひつじ》は4人《にん》のことなど気《き》にかけず、満足《まんぞく》そうに草《くさ》をむしゃむしゃ食《た》べている。

ギャレットが一歩《いっぽ》進《すす》み出《で》て、ゆっくりと話《はな》す。「どうもどうも。かしこいクエストの授け手よ。われわれはつつしんで黄金《おうごん》を求《もと》める。そなたの宝《たから》の山《やま》へとみちびくクエストを授《さず》けたまえ」

だが、ピンクの羊《ひつじ》はもくもくと草《くさ》を食《た》べている。

「ガーベッジマン」ドーンが声《こえ》をかける。「わたしはふだん動物《どうぶつ》たちと仕事《しごと》してるんだけど、その羊《ひつじ》、あんたの言《い》ってること、なにひとつわかってないみたいよ」

すると、ナタリーがヘンリーの手《て》のなかのキューブを指《ゆび》さした。「ところで、それなに？　なんでそれのあとを追《お》いかけてるの？」

「宝《たから》にみちびいてくれるから」ヘンリーは説明《せつめい》した。

「そんなこと、本気《ほんき》で信《しん》じてるわけ？」

「おお、もっちろんさ」ギャレットが自信《じしん》たっぷりに答《こた》える。「ハンクが持《も》ってるのは宝《たから》のマグネットだ！　もうすぐ、とてつもない大金持《おおがねも》ちになれるぞ」

ギャレットは欲深《よくぶか》そうにそう言《い》うと、両手《りょうて》をすり合《あ》わせた。

「だからって、現実世界《げんじつせかい》の問題《もんだい》は解決《かいけつ》しない。魔法《まほう》のキューブなんかではね」

ナタリーはきっぱりとそう言《い》うと、歩《ある》きだした。「さあ、ヘンリー。行《い》くわよ」

「そうしましょう」ドーンもナタリーについていく。「親《しん》せきの子《こ》のお祝《いわ》いがあるから、わたしも家《いえ》に帰《かえ》って準備《じゅんび》しなきゃ」

そのとき、空《そら》がいきなり昼《ひる》から夜《よる》に変《か》わった。さっきまで太陽《たいよう》があった場所《ばしょ》に、キューブの月《つき》が浮《う》かんでいる。オオカミの遠《とお》ぼえが聞《き》こえてきた。アオオオーン！

「サイアク。暗《くら》くなっちゃったじゃない」ナタリーが言《い》う。

「ねえ、日《ひ》が沈《しず》むの、びっくりするぐらい早《はや》くなかった？」とドーン。

オオカミの遠《とお》ぼえに続《つづ》いて、今度《こんど》はぶきみな音《おと》が聞《き》こえてきた。ゴロゴロ、シュー、グルルル、ウウウ……。音《おと》は近《ちか》くの暗《くら》い森《もり》から聞《き》こえてくるようだ。

ピンクの羊《ひつじ》たちはおびえて逃《に》げだした。

「なにが起《お》こってるんだろう？」ヘンリーは不安《ふあん》そうだ。

暗闇《くらやみ》のなかで動《うご》いているいくつかの影《かげ》も見《み》える。

「みんな落《お》ちつけ」ギャレットが言《い》った。「とっておきのガーベッジ・アドバイスだ。それもタダでな。いいか、恐怖《きょうふ》ってのはな、弱《よわ》さで体《からだ》のコックピットのコントロールがきかなくなってるってことなんだ。そうなったら、体《からだ》のナビシステムとおさらばすりゃいい」

「なにそれ？」ナタリーにはまったく意味《いみ》がわからなかった。

そのとき、スケルトンが森《もり》から飛《と》び出《だ》してきた！　弓《ゆみ》をかまえ、突進《とっしん》しながら矢《や》を放《はな》ってくる！　ヘンリー、ナタリー、ドーンは悲鳴《ひめい》をあげた。ギャレットはいきおいよく走《はし》りだした。ヘンリーたち３人《にん》は、ギャレットとは別《べつ》の方向《ほうこう》の木立《こだち》に向《む》かって走《はし》った。

マルゴシャが見守《みまも》るなか、護衛《ごえい》のピグリンたちは、スティーブをネザーとオーバーワールドをつなぐポータルまで連《つ》れていった。ポータルは紫色《むらさきいろ》のぶきみなエネルギーを放《はな》ちながらゆらめいている。

「オーブを見《み》つけだせ！　3回《かい》ウンチするだけの時間《じかん》をやろう」

スティーブは顔《かお》をしかめた。「つまり、3日間《みっかかん》ってことだろ」そう言《い》って頭《あたま》をふりながらポータルに向《む》かって歩《ある》きだした。「まったく、おまえらって、ほんと胸《むな》クソが悪《わる》くなるよ」

ギャレットは走《はし》りつづけた。頭《あたま》の横《よこ》を矢《や》がビュンビュンと飛《と》んでいく。前方《ぜんぽう》にはスケルトンの別《べつ》の大群《たいぐん》がいて、こちらに向《む》かってやってくる。「うあああ！」ギャレットはさけんだ。

行《い》き当《あ》たりばったりに走《はし》っていたギャレットは……ドスン！　深《ふか》い穴《あな》に落《お》ちてしまった。穴《あな》から土煙《つちけむり》が上《あ》がった。

穴《あな》の底《そこ》で、ギャレットは痛《いた》みに顔《かお》をゆがめた。そして、おしりの下《した》からツルハシを引《ひ》っぱり出《だ》した。上《うえ》を見《み》ると、スケルトンたちが穴《あな》のふちからギャレットを見下《みお》ろしていた。しかも、弓《ゆみ》に矢《や》をつがえて、こちらに放《はな》とうとしている。

「うわ、やめてくれ！」ギャレットはわめきながら、やけくそになって目《め》の前《まえ》の土壁《つちかべ》にツルハシをふりおろした。すると、土《つち》のブロックがいくつか消《き》えた！わけがわからないままに、ギャレットは必死《ひっし》になって何度《なんど》も何度《なんど》もツルハシをふりおろした。おかげで、矢《や》の雨《あめ》がふってくる前《まえ》に、穴《あな》を水平《すいへい》に掘《ほ》りつづけることができた。

そのころ、ヘンリー、ナタリー、ドーンは森《もり》のなかを走《はし》っていた。赤《あか》い目《め》のクモに乗《の》った、頭《あたま》がキューブのスケルトン――スパイダー・ジョッキーがあちこちからせまってくるのだ。「もっと走《はし》って！」ナタリーがさけんだ。

スパイダー・ジョッキーの一群《いちぐん》は矢《や》を放《はな》ったが、ねらいどおりにいかずに、おたがいに矢《や》が当《あ》たってしまった。そのとたん、スパイダーは仲間同士《なかまどうし》で戦《たたか》いはじめた。そのどさくさにまぎれて、ヘンリーとナタリーとドーンは空《あ》き地《ち》に向《む》かって逃《に》げだした。敵《てき》がまだ追《お》ってきているのではないかと、ヘンリーはふり返《かえ》った。そして、前《まえ》に向《む》きなおったそのとき……ドンッ！　木《き》にげきとつした。

そのひょうしに、オーブとクリスタルボックスがバッグから飛《と》び出《だ》し、積《つ》もった落《お》ち葉《ば》のなかにぽとんと落《お》ちた。

ナタリーはヘンリーにかけよった。「ちょっと、大丈夫《だいじょうぶ》？」

ヘンリーはその木《き》をじっと見《み》た。自分《じぶん》がぶつかったはずのところの幹《みき》が消《き》えている！　そのうえ、木《き》の上半分《うえはんぶん》はなんの支《ささ》えもないのに空中《くうちゅう》に浮《う》いているではないか。ヘンリーは残《のこ》った切《き》り株《かぶ》と上半分《うえはんぶん》の間《あいだ》のスペースに手《て》をのばしてみた。こんなことありえない！

「わあ……」ヘンリーが息《いき》をのんだ。

ナタリーもじっと木《き》を見《み》た。「こんなのぜったいにおかしい。木《き》が浮《う》くわけないでしょ？」

「まあ、ぼくらの世界《せかい》の木《き》なら、ってことだろうけどね」そう言《い》いながら、ヘンリーは幹《みき》のあたりをさわって考《かんが》えこんだ。それからおもむろに、幹《みき》に一発《いっぱつ》パンチをくらわした。小《ちい》さな木《き》のキューブが飛《と》びちっていく。どういうことだ？

ヘンリーはもう一度《いちど》パンチした。

そのとき、ゴボゴボという奇妙《きみょう》な音《おと》が聞《き》こえてきた。３人《にん》とも音《おと》のするほうをふり返《かえ》る。

すると、ドーンが言《い》った。「ヤバい。今度《こんど》はゾンビ問題発生《もんだいはっせい》！」

第《だい》10章《しょう》

　ゾンビたちは3人《にん》に向《む》かってよろよろとせまってきた。幸《さいわ》いにも、ゾンビの動《うご》きは遅《おそ》かった。

　ヘンリーは木《き》のキューブを1つ拾《ひろ》いあげた。ひらめいたことがあり、拾《ひろ》ったキューブを軽《かる》くほうってみた。すると、それはどんどん大《おお》きくなり、大《おお》きな木《き》のブロックに変《か》わった！　ヘンリーはさらにいくつもキューブをほうり投《な》げてみた。ぜんぶが木《き》のブロックに変《か》わっていく。

「ヘンリー！　ブロックで遊《あそ》んでる場合《ばあい》じゃないでしょ！　わたしたち、死《し》ぬかもしれないのよ！」ナタリーがあきれて言《い》った。

　そこで、ヘンリーはブロックをいくつも積《つ》み上《あ》げて壁《かべ》をつくった。試《ため》しにけってみたが、びくともしない。なかなかがんじょうだ！

「姉《ねえ》さん、なんとかなるって。ぼくにまかせて」

「わかった！」ヘンリーがつくった壁《かべ》におどろいたナタリーは言《い》った。そして、ふらふらと近《ちか》づいてくるゾンビたちを見《み》て、ヘンリーをせかした。「とにかくやってみて！　ほら！　早《はや》く！」

ヘンリーはすぐに始《はじ》めた。木《き》をたたいて小《ちい》さなキューブを下《した》に落《お》とし、それをブロックに変《か》えて、ゾンビから身《み》を守《まも》る小屋《こや》をつくりはじめた。小屋《こや》はみるみるうちに完成《かんせい》していく。ヘンリーがとっさに考《かんが》えた計画《けいかく》がうまくいったのだ！

だがまずいことに、オーブとクリスタルボックスが小屋《こや》の外《そと》の落《お》ち葉《ば》のなかにあることを、ヘンリーはすっかり忘《わす》れていた……。

いっぽうギャレットはトンネルを掘《ほ》り、スケルトンに囲《かこ》まれた穴《あな》からこれだけ離《はな》れれば十分《じゅうぶん》だと思《おも》えるところまでくると、今度《こんど》は地表《ちひょう》に向《む》かって掘《ほ》りはじめた。やがてギャレットの頭《あたま》が新鮮《しんせん》な空気《くうき》のある地上《ちじょう》に飛《と》び出《だ》した。穴《あな》から出《で》られたことがうれしくて、ギャレットは大《おお》きく息《いき》を吸《す》いこんだ。

あたりを見《み》まわしたギャレットは、パトロール中《ちゅう》のスパイダー・ジョッキーがいることに気《き》づいた。そこで、ジョッキーがいなくなるまでじっと動《うご》かなかった。ところがじっとしている間《あいだ》に、何者《なにもの》かがギャレットのうしろからしのびよっていたのだ――頭《あたま》は四角《しかく》、体《からだ》は長方形《ちょうほうけい》、前《まえ》とうしろにキューブの足《あし》が2本《ほん》ずつある緑色《みどりいろ》のモブ、クリーパーだ。

ギャレットは背後《はいご》に気配《けはい》を感《かん》じ、ぎょっとしてふり返《かえ》った。その直後《ちょくご》、クリーパーの顔《かお》に思《おも》わずパンチをくらわした。クリーパーはぼうぜんとしている。

「おっと、ごめん。なあ、ほんと、悪《わる》かったよ」ギャレットはあわててあやまった。

すると、クリーパーの内部《ないぶ》がチカチカと光《ひか》りはじめた。シューという音《おと》もする。

「おまえ、なにか言《い》いたいのか？　なぐるつもりなんてなかったんだ。でも、いきなりうしろにいたから――」

ドカーーン！

そのとき、クリーパーが爆発《ばくはつ》し、ギャレットは空高《そらたか》くふき飛《と》ばされた！　そして地面《じめん》に強《つよ》くたたきつけられた。ドスン！　顔《かお》を上《あ》げると、スパイダー・ジョッキーたちがこちらに向《む》かってくるのが見《み》えた。そのとき、空《あ》き地《ち》にヘンリーがつくったキューブの小屋《こや》も目《め》に入《はい》った。

「ギャレット！」塔《とう》のような小屋《こや》の上《うえ》からヘンリーが呼《よ》んだ。「こっちだ！」

ギャレットはスケルトンやゾンビに追《お》われて走《はし》った。ヘンリーのいるシェルターに向《む》かいながらも、落《お》ち葉《ば》のなかでオーブとクリスタルボックスをめざとく見《み》つけ、さっと拾《ひろ》いあげる。

「ギャレット！　急《いそ》いで！」ヘンリーがまたさけぶ。

ギャレットは小屋《こや》に向《む》かって全力《ぜんりょく》で走《はし》った。そこへ矢《や》が1本《ぽん》飛《と》んできた。その矢《や》がオーブとクリスタルボックスにみごとに当《あ》たり、2つともギャレットの手《て》からはじき飛《と》ばされた！　ボックスは地面《じめん》に打《う》ちつけられ、ばらばらになってしまった。クリスタルボックスがなかったら、もとの世界《せかい》にもどるためのポータルを二度《にど》と開《あ》けることができない！

ギャレットはオーブとばらばらのボックスを拾《ひろ》いあげると、また小屋《こや》に向《む》かって走《はし》った。壁《かべ》をドンドンとたたく。「助《たす》けて！　開《あ》けてくれ！」

ついにゾンビの群《む》れがギャレットに追《お》いついた。ギャレットはゾンビになぐりかかった。だが、ゾンビはたおされてもたおされても、おそいかかってくる。

「ハンク！」ギャレットがさけんだ。「ドアを開《あ》けてくれ！」

ヘンリーは小屋《こや》の屋根《やね》の上《うえ》から身《み》を乗《の》りだしてギャレットを見下《みお》ろした。「ドアなんかないよ！　待《ま》ってて、いま行《い》くから！」

「ヘンリー！」ナタリーの声《こえ》にヘンリーはふり返《かえ》った。大変《たいへん》だ、1体《たい》のゾンビが屋上《おくじょう》に続《つづ》く階段《かいだん》をのぼってくる。「入《はい》ってこれないように入《い》り口《ぐち》をなくしたんじゃなかったの？」とナタリー。

「なくしたさ！」ヘンリーは言《い》いはった。「それなのに、どこからともなくあらわれたみたい」ヘンリー、ナタリー、ドーンは身《み》をかがめ、ゾンビから遠《とお》ざかるようにじりじりとあとずさりをした。

小屋《こや》の外《そと》では、ギャレットが、つぎからつぎへとおそいかかってくるゾンビの群《む》れと必死《ひっし》に戦《たたか》っている。そのぶきみな敵《てき》はひっきりなしに無限《むげん》にわいてくるかのようだ。

屋上《おくじょう》では、ヘンリーがすばやく身《み》をかわし、ゾンビをうしろから屋根《やね》の向《む》こうにけり飛《と》ばした。ゾンビはまっ逆《さか》さまに落下《らっか》。ギャレットのすぐそばに顔面《がんめん》からたたきつけられた。それでもまだ、ゆっくりと動《うご》きだそうとしている。

別《べつ》のゾンビがギャレットにかみつこうとしたそのとき、ヘンリーが小屋《こや》の内《うち》側《がわ》からブロックをいくつか外側《そとがわ》にたたき落《お》とし、できた穴《あな》からギャレットをなかにぐいっと引《ひ》きずりこんだ。そして、すぐに穴《あな》をふさいだ。小屋《こや》のなかで、ふたりともはあはあと息《いき》をはずませながら、少《すこ》しの間立《あいだた》ちつくした。

「ギャレット」ヘンリーが口《くち》を開《ひら》いた。「なんでぼくたちを置《お》いてったの?」

「小僧《こぞう》、悪《わる》かったな」ギャレットは、ヘンリーの腕《うで》をぽんとたたいた。「死《し》んじまったら、ゲーマー・オブ・ザ・イヤーのタイトルをとり返《かえ》せないだろ」

ヘンリーは困《こま》ったような、少《すこ》し傷《きず》ついたような顔《かお》をした。

そのとき突然《とつぜん》、小屋《こや》の外《そと》で1体《たい》のクリーパーが爆発《ばくはつ》した。ドカーーン! それと同時《どうじ》に壁《かべ》に大《おお》きな穴《あな》があいた。すると、ゾンビやスケルトンがその穴《あな》からどんどん入《はい》ってきた。ギャレットとヘンリーは階段《かいだん》をかけ上《あ》がった。

ふたりはようやく屋上《おくじょう》にたどりついたが、もはや逃《に》げ場《ば》はなかった。ただナタリー、ドーンと身《み》を寄《よ》せあっているしかない。

「みんな」ギャレットがつぶやく。「もしおれがやられちまったら、おれの生《い》きざまを歌《うた》にしてくれ。ヘヴィメタの長《なが》い歌《うた》な。章仕立《しょうじた》てで頼《たの》む」

「みんな殺《ころ》されちゃうかもしれないのよ……」ドーンは悲《かな》しげにつぶやいた。「わたしだってまだ、やりたいことがあったのに」

ナタリーはヘンリーを抱《だ》きよせた。「わたしの使命《しめい》は、あんたがちゃんと生《い》きていけるようにすることだった。それさえできないなんて」

「姉《ねえ》さんのせいじゃない」そう言《い》うヘンリーを、ナタリーはぎゅっと抱《だ》きしめた。

そのとき、おかしな音《おと》が聞《き》こえてきた。

カンッ、カンッ、カンッ。

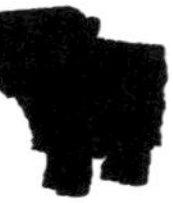

第《だい》11章《しょう》

ゾンビもスケルトンも人間《にんげん》も、そこにいる全員《ぜんいん》が音《おと》のするほうを見《み》た。ヘンリー、ギャレット、ナタリー、ドーンは知《し》るよしもなかったが、音《おと》を出《だ》しているのはスティーブだった。スティーブが、こう言《い》いながら、屋上《おくじょう》のへりに剣《けん》を打《う》ちつけていたのだ。「やあ、夜《よる》のマヌケども。おれのこと、おぼえてるか？　いっしょに踊《おど》ろうぜ！」

スティーブは突進《とっしん》すると、何体《なんたい》かのゾンビの首《くび》をポキッと折《お》った。「さあ、ねんねしな！」それから、別《べつ》のゾンビたちに頭突《ずつ》きをくらわすと、屋上《おくじょう》からつき落《お》とした。剣《けん》をクルクル回《まわ》しながら、おどろくような動《うご》きでモンスターをつぎからつぎへとなぎたおしていく。ヘンリーは見知《みし》らぬその男《おとこ》の戦《たたか》いぶりに目《め》を見張《みは》った。

しばらくすると太陽《たいよう》がのぼり、生《い》き残《のこ》ったモンスターたちは火《ひ》に包《つつ》まれた。

スティーブは最後《さいご》に残《のこ》った死《し》にかけのスケルトンをひじでなぐりたおした。「とどめだ！」

すると、ギャレットがばかにしたように言《い》った。「ダサっ！　どっちみち、あいつは死《し》んでたんだよ」

「すごい！　あなたはだれ？」ヘンリーはすっかりスティーブに感動《かんどう》している。

「おれは……」スティーブはわざとらしく間《あいだ》をあけた。「スティーブだ」

だが、明《あき》らかに4人《にん》とも、もっとりっぱな名前《なまえ》を期待《きたい》していた。〝なんとか男爵《だんしゃく》〟とか〝なんとか先生《せんせい》〟とか〝スーパーなんとか〟とかだ。

「ところで、おまえらはだれなんだ？」今度《こんど》はスティーブが聞《き》いた。「デニスはどこだ？」

ヘンリーは困《こま》った顔《かお》をした。「デニスなんて知《し》らないよ」

「だったら、どうやってそれを手《て》に入《い》れた?」スティーブはそう言《い》うと、ギャレットの手《て》のなかのキューブに手《て》をのばした。

ギャレットは、スティーブにキューブをうばわれないように遠《とお》ざけた。「落《お》ちつけよ、兄貴《あにき》。これはおれのもんだ。大金《たいきん》を払《はら》って手《て》に入《い》れたんだからな。それも、とんでもない金額《きんがく》をな」

「そもそも、それがなにかわかってんのか? それは〝支配《しはい》のオーブ〟だぞ!」

とスティーブ。

「ただのキューブでしょ」ナタリーが言《い》った。

スティーブがまたもや言《い》った。「自分《じぶん》たちがなにを相手《あいて》にしてるのか、まったくわかってないようだな。いいから、そのオーブをおれにわたせ。そうすりゃ、だれも傷《きず》つかないですむから」

「ダメよ。これがないと家《いえ》に帰《かえ》れないもの」ナタリーが言《い》い返《かえ》した。

ギャレットのもういっぽうの手《て》には、こわれたボックスがあった。スティーブはそれをのぞきこむと言《い》った。「こわれてんのかよ!?　おまえらの計画《けいかく》にケチをつけるつもりはないが、アース・クリスタルボックスがなきゃ、家《いえ》になんか帰《かえ》れないんだぞ!」

「ガーベッジマンがこわしたのよ」ドーンが不満《ふまん》そうに言《い》う。

「そうじゃない!」

ギャレットがそう反論《はんろん》してボックスに気《き》をとられているすきに、ドーンはオーブをさっとうばって、ヘンリーにわたした。「これ、ヘンリーが持《も》ってたら?　心《こころ》がきれいみたいだしね」ヘンリーはわたされたオーブをバッグにしまった。

「おい、おれだって心《こころ》がきれいだぞ」ギャレットが抗議《こうぎ》する。

ナタリーは心配《しんぱい》そうな顔《かお》でスティーブに一歩《いっぽ》近《ちか》づいた。「わたしたち、ここに閉《と》じこめられたって言《い》おうとしてるわけ？」

するとスティーブが答《こた》えた。「いや、言《い》おうとしてるんじゃなくて、はっきりそう言《い》ってんだ。だがな、こわれたアース・クリスタルボックスを新《あたら》しいのにかえる方法《ほうほう》が1つだけある。まずは森《もり》の洋館《ようかん》に行《い》かなきゃなんない。もっとも、そこに行《い》ったら全員殺《ぜんいんころ》されるだろうけどな」

「ここにいたって同《おな》じじゃないか」夜《よる》になるとわいてくるゾンビやスケルトンを思《おも》い出《だ》して、ヘンリーが言《い》った。

「それもそうだな」スティーブは納得《なっとく》したものの、少《すこ》し考《かんが》えてから続《つづ》けた。「いいか、おれがおまえたちを家《いえ》に帰《かえ》らせてやる。そのかわり、オーブをよこせ。おれはピグリンの女王《じょおう》にオーブを取《と》りもどすって約束《やくそく》したんだ」

「オーブでなにするつもり？」ヘンリーがたずねる。

「おまえらには関係《かんけい》ない。でもまあ言《い》っておくと、ちょっとした裏切《うらぎ》りをたくらんでるんだ。だから、一時的《いちじてき》におれと手《て》を結《むす》ばないか。どうだ？　取引成立《とりひきせいりつ》か？」

4人《にん》はたがいに顔《かお》を見合《みあ》わせた。

ヘンリーはナタリーとギャレットに向《む》かってうなずいた。「この人《ひと》さっき、20体《たい》くらい、いっぺんにたおしてたよ。とりあえずは手《て》を組《く》んだほうがいいかもね」

「せいぜい17体《たい》ってとこだけどな。とにかく、手《て》を結《むす》ぶには条件《じょうけん》が2つある」ギャレットはそう言《い》うと、スティーブのほうを向《む》いた。「その1、話《はな》すときは必《かなら》ずおれに話《はな》せ。なぜなら、おれがリーダーだからだ。その2、もしおれたちをだましたら、おれのケツにおまえの頭《あたま》をはさんでクルミみたいにこなごなにしてやるからな」

「ほんと、ごめんなさいね」ドーンはスティーブにあやまった。「わたしたちも、この人《ひと》にはさっき会《あ》ったばかりなのよ」

「じゃあ、その筋肉君《きんにくくん》と取引成立《とりひきせいりつ》ってわけだな」スティーブはそう言《い》うと、ギャレットと握手《あくしゅ》をした。「よし、まずは装備《そうび》をしっかり整《ととの》えないとみんな死《し》んじまうぞ。さあ、ミッドポート村《むら》へ向《む》かおう！」スティーブは歩《ある》きだした。

ヘンリーもあとに続《つづ》いた。「ところで、スティーブさん？　どうやったら、あんなことができるんですか？」

ヘンリーがスティーブに感心《かんしん》しているのを見《み》たギャレットは、なんだか気《き》に入《い》らなかった。


永遠《えいえん》に夜《よる》のようなネザーでは、マルゴシャが玉座《ぎょくざ》に座《すわ》り、支配《しはい》のオーブについての知《し》らせを待《ま》っていた。ピグリンの使者《ししゃ》がマルゴシャの耳《みみ》もとに近《ちか》づき、大《おお》きな声《こえ》をあげる。ブヒー！

マルゴシャは思《おも》わず使者《ししゃ》から身《み》を引《ひ》いた。「ささやき声《ごえ》で話《はな》せないなら、あっちに立《た》て！」

使者《ししゃ》はそのままあとずさると、もう一度《いちど》ブヒブヒと話《はな》しはじめた。

「なに、オーブが4人《にん》の〝丸《まる》っこい連中《れんちゅう》〟の手《て》にあると？」マルゴシャは、ピグリンたちが人間《にんげん》を呼《よ》ぶときの言《い》い方《かた》を使《つか》った。「つまり、スティーブはこのあたしを裏切《うらぎ》ったわけだな。思《おも》ったとおりだ。やつはきっと仲間《なかま》をミッドポート村《むら》へ連《つ》れていく。そこがやつら全員《ぜんいん》の死《し》に場所《ばしょ》になるわけだ。チャンガス将《しょう》軍《ぐん》！　前《まえ》へ！」

おそろしいピグリンの将軍《しょうぐん》、チャンガスが大《おお》きな体《からだ》でのしのしと闇《やみ》のなかからあらわれた。チャンガスがやってくると、ほかのピグリンたちは身《み》をすくめて道《みち》をあけた。ところが、将軍《しょうぐん》が残酷《ざんこく》そうな口《くち》を開《ひら》いたとたん、びっくりするぐらいかん高《だか》くてやさしい声《こえ》がひびいた。「はい、女王陛下《じょおうへいか》？」

「精鋭部隊《せいえいぶたい》の兵士《へいし》たちを連《つ》れて、オーブを取《と》りもどしてこい。今度《こんど》こそ、丸《まる》っこい連中《れんちゅう》を始末《しまつ》するのだ！」

「了解《りょうかい》、まかせてください」チャンガスはうなずきながら、キーキーした声《こえ》で答《こた》えた。「スティーブもですかい？」

「ああ、まっ先《さき》にスティーブを殺《ころ》せ！」マルゴシャがはき捨《す》てるように言《い》った。

「それはまた残念《ざんねん》」チャンガスはがっかりした。「あいつのこと、わりと好《す》きなんですよね。イカしたダンジョン・パーティーをしきるのがすごくうまいし、エネルギーいっぱいって感《かん》じで」

マルゴシャはガラスのまっ赤《か》な小《こ》びんをチャンガス将軍《しょうぐん》に手《て》わたした。「ほら、このネザーウォートを持《も》っていけ。これでおまえたちはゾンビ化《か》しないですむ。最後《さいご》の1本《ぽん》だ」オーバーワールドの明《あか》るい太陽《たいよう》の下《した》では、ピグリンたちはネザーウォートを飲《の》まないとゾンビ化《か》してしまうのだ。

「ほんと、ありがとうございます。マルゴシャ様《さま》」チャンガス将軍《しょうぐん》はそう言《い》うと、そのびんをかかげた。「だけど、これだけじゃ足《た》りないんじゃないですか？ 前回《ぜんかい》は有能《ゆうのう》なピグリンがたくさんやられましたしねえ」

「それでなんとかするんだ！」マルゴシャがどなりつけた。

「わかりましたよ」チャンガスは肩《かた》をすくめた。「では、行《い》ってまいります」将軍《しょうぐん》がびんを部隊《ぶたい》の兵士《へいし》たちに回《まわ》すと、ピグリンたちはネザーウォートをごくごく飲《の》んだ。「さあ、飲《の》め、飲《の》め、ゾンビになりたくないだろ？ オーバーワールドはおれたちピグリンには物騒《ぶっそう》なところだからな」

将軍《しょうぐん》は兵士《へいし》たちをひきいてポータルをくぐり、オーバーワールドに向《む》かった。

第《だい》12章《しょう》

スティーブはヘンリー、ナタリー、ドーン、そしてギャレットを、美《うつく》しくてにぎやかな町《まち》に連《つ》れてきた。太陽《たいよう》が木材《もくざい》でできた建物《たてもの》を照《て》らし、遠《とお》くには山々《やまやま》がそびえている。巨大《きょだい》な石《いし》のアーチは自然《しぜん》が生《う》みだした町《まち》のゲートのようだ。

スティーブが声《こえ》を上《あ》げた。「さあ着《つ》いたぞ。ここがミッドポート村《むら》だ。秘密《ひみつ》の隠《かく》し場所《ばしょ》にとっておきの戦利品《せんりひん》を隠《かく》してあるんだよ。森《もり》の洋館《ようかん》で生《い》き残《のこ》るのにきっと役《やく》に立《た》つぞ」

ドーンは通《とお》りを歩《ある》きながら、長《なが》い鼻《はな》を持《も》った四角《しかく》い住民《じゅうみん》たちに気《き》づいた。ものめずらしそうにこちらをじっと見《み》ている。「ちょっと待《ま》って。この人《ひと》たち、だれ?」ドーンがたずねる。

「ああ、こいつら？　村人《むらびと》だよ！」スティーブが答《こた》える。

「わたしたちを食《た》べたりはしないよね？」とナタリー。

「まさか！」スティーブは笑《わら》いながら言《い》った。「そんなわけないだろ。村人《むらびと》たちはまったくの平和主義者《へいわしゅぎしゃ》で、しかもベジタリアンだ。こっちがちょっかいを出《で》さなければ、村人《むらびと》もなにもしない。ただ取引《とりひき》したり、のんびりしたり、すんごい量《りょう》のパンを食《た》べるだけだ。とにかくパンを食《く》いまくるのが好《す》きみたいでね」。ちょうど、長《なが》くて茶色《ちゃいろ》いパンにかじりついている村人《むらびと》がいた。スティーブはその男《おとこ》を指《ゆび》さした。「だけど、なかなかいい村《むら》だ。村人《むらびと》ひとりひとりに大事《だいじ》な役割《やくわり》がある。〝なまけ者《もの》〟は別《べつ》だけどな。どの村《むら》にも必《かなら》ずひとりはいるだろ？　町《まち》のマヌケ野郎《やろう》が。だけど、そういうやつって、なんか憎《にく》めないんだよな」

スティーブは、閉《し》まっているドアに何度《なんど》もぶつかっている村人《むらびと》をあごで指《さ》した。ゴン、ゴン。一頭《いっとう》のウシがそれを見《み》ながらゆっくりと口《くち》を動《うご》かしている。

「じゃあ、これぜんぶ、村人《むらびと》たちが建《た》てたのか？」ギャレットは家《いえ》や店《みせ》を見上《みあ》げながら言《い》った。

スティーブが自信満々《じしんまんまん》に答《こた》える。「そうさ。もっとおどろくことを教《おし》えてやろうか？　おれは村人《むらびと》たちが手《て》を使《つか》ってるところを一度《いちど》も見《み》たことがないんだ！　まったく信《しん》じらんないぜ！」

スティーブたちは、長《なが》くのびたはしごの前《まえ》に出《で》た。はしごは高《たか》い飛《と》びこみ台《だい》へと続《つづ》いていて、ラマが列《れつ》をつくって飛《と》びこみの順番《じゅんばん》を待《ま》っていた。1頭《とう》が飛《と》び板《いた》からはねて、小《ち》さなプールに落《お》ちていく。ザッパーン！

「なにあれ!?」とヘンリー。

スティーブも飛《と》びこみ台《だい》のほうを見《み》た。「ああ、世界一小《せかいいちちい》さいプールに飛《と》びこむための世界一高《せかいいちたか》い飛《と》びこみ台《だい》だよ。何年《なんねん》か前《まえ》におれがつくったんだ」

また別《べつ》の1頭《とう》が飛《と》び板《いた》からはねて、プールにつっこんでいく。ザッパーン！

「おまえのせいで、ラマがあんなことしてるってわけか。リーダーがいないと、こうなるんだよな」連《つ》れまわされるのがおもしろくないギャレットは、スティーブの言《い》うことにケチをつけた。

だが、ドーンは飛《と》びこむラマに感心《かんしん》している。「わお！　信《しん》じられない！」

「ほんとに、あなたがつくったの？」ヘンリーが聞《き》く。

「そうさ！　ほかにもいろいろつくったぜ！」スティーブはほこらしげに答《こた》えた。

そのとき、まるでタイミングを合《あ》わせたかのように王冠《おうかん》をかぶった1頭《とう》のブタが目《め》の前《まえ》を通《とお》りすぎた。

「わあ」ヘンリーの目《め》がくぎづけになる。「あれって……王様《おうさま》かなんか？」

「いや、レジェンドといえるブタだ」ヘンリーの顔《かお》が喜《よろこ》びにかがやくのを見《み》て、スティーブはそう答《こた》えた。「ここじゃ、想像《そうぞう》できるものはなんでもつくれるんだ。まったく制限《せいげん》なしだ！　おまえならわかるだろ？　あの小屋《こや》、おまえがつくったんだよな？　初《はじ》めての建築《けんちく》にしちゃ、かなりの出来《でき》だぜ」

ヘンリーはその言葉《ことば》にうれしくなった。アイダホにいたころは、自分《じぶん》の作品《さくひん》が評価《ひょうか》されることなんて、まずなかったからだ。

そのとき、ナタリーがさけんだ。「あぶない！」。大《おお》きな灰色《はいいろ》の金属《きんぞく》のかたまりがのっしのっしと通《とお》りすぎていく。表面《ひょうめん》は黄色《きいろ》い花《はな》をつけた緑《みどり》のツルにおおわれ、地面《じめん》につくほど長《なが》い腕《うで》を持《も》ったロボットのようだ。

「落《お》ちつけ。ただのアイアンゴーレムだ」スティーブがその怪物《かいぶつ》について親《した》しみをこめて説明《せつめい》する。「町《まち》の警備《けいび》をしてるんだ。あいつら、でかいけど心《こころ》はやさしい。おまえらが村人《むらびと》に手《て》を出《だ》さないかぎりはな。だから、ぜったいにもめごとを起《お》こすなよ」

するとアイアンゴーレムは身《み》をかがめ、ナタリーに赤《あか》い花《はな》をさし出《だ》した。

「ここって、まったく意味不明《いみふめい》なんだけど」とナタリー。

「でしょ?」ヘンリーはうれしそうに言《い》った。「サイコーだよね」

そのとき、ギャレットの腕時計《うでどけい》のタイマーが鳴《な》った。「おれにはタンパク質《しつ》が必要《ひつよう》なんだ。いますぐにな」

すると、スティーブがにんまり笑《わら》った。「うってつけの場所《ばしょ》があるぜ、でっかい相棒《あいぼう》よ」そう言《い》うとスティーブは、にぎやかな屋外市場《おくがいいちば》までみんなを連《つ》れていき、〈スティーブのあつあつ溶岩《ようがん》チキン・シャック〉という店《みせ》に案内《あんない》した。

カウンターの向《む》こうでは、村人《むらびと》がひとり、客《きゃく》が来《こ》ないので退屈《たいくつ》そうにしている。

「熱《あつ》い溶岩《ようがん》とチキンをまぜたらどうなるか、考《かんが》えたことあるか? おれはある。おまえらも、いまにどうなるかわかるよ」とスティーブ。

「このゴミ男《おとこ》になんか食《た》べさせるためだけに、本気《ほんき》で寄《よ》り道《みち》するつもり?」ナタリーは早《はや》く家《いえ》に帰《かえ》りたくてしかたない。

「悪《わる》いな、おじょうさん」ギャレットはムキムキの力《ちから》こぶを見《み》せながら言《い》った。

「この筋肉《きんにく》はな、子《こ》ネコをなでてできるもんじゃあない。ライオンを手《て》なずけてようやく手《て》に入《はい》るんだよ！」

　スティーブはレバーを引《ひ》いた。すると、あつあつの溶岩《ようがん》が一皿分《いとさらぶん》のチキンを焼《や》きあげていく。その横《よこ》でスティーブが歌《うた》いだした。「よ、よ、よ、溶岩《ようがん》！　チ、チ、チ、チキン！　スティーブの溶岩《ようがん》チキン、カリッとジューシー！　さあ、おやつの時間《じかん》だ！　おお、超《ちょう》スパイシー、これぞ溶岩《ようがん》アタックだ！」

　スティーブはチキンにかぶりつくと……すぐにはき出《だ》した。

「アアアア！　ヤアアア！　ヤアアア！　あっつ！　あっちっちっち、あっつい‼」

「チキンをよこせ」ギャレットはヘンリーにウインクしながら言《い》った。「おれはな、スティーブみたいにこしぬけじゃねえ。おれが求《もと》めるのは熱《あつ》さ、そして痛《いた》みなんだ」

「あんたって、みごとなおバカよね」ドーンがしみじみ言《い》う。

スティーブは両手《りょうて》を上《あ》げて、ギャレットをやめさせようとした。「やめろ。このチキンは、いまさっき溶岩《ようがん》で焼《や》いたばかりだぞ。少《すこ》しは冷《さ》ましてからにしろって！」

「いいから、わたしてあげて」ナタリーがうながす。「ぜひ見《み》てみたいわ」

ギャレットはチキンを１つ、手《て》にとった。「じゃあ、みんな、あっち側《がわ》で会《あ》おうぜ」自信《じしん》たっぷりにそう言《い》うと、ギャレットはチキンにかぶりついた。もぐもぐとかむとスティーブのほうを見《み》ながらうなずき、それから飲《の》みこみ、ナタリーににやりと笑《わら》ってみせた。

「やるじゃねえか」スティーブはすっかり感心《かんしん》した。

そしてまた、５人《にん》は歩《ある》きだした。ギャレットはとなりを歩《ある》いているヘンリーに声《こえ》をかける。「なあ、ハンク？」涙《なみだ》をこらえているような声《こえ》だ。ギャレットの顔《かお》はだんだんと痛《いた》みにゆがんできた。「相棒《あいぼう》よ……。あのチキンで、マジで、マジで口《くち》のなかをひどくやけどしたみたいなんだ。かき氷《ごおり》とか、なんか冷《つめ》たいものを探《さが》してきてくんないか？」

「そう言《い》うと思《おも》ってたよ」ヘンリーはギャレットにかき氷《ごおり》をわたした。

かき氷《ごおり》を急《いそ》いでかきこんだギャレットは深《ふか》く息《いき》をついた。「それでも、おれはチキンをはき出《だ》さなかった。おまえも見《み》てたよな？　おれの勝《か》ちだ。チキン対決《たいけつ》に勝《か》ったんだ」

「ほんと、そうだよね」ヘンリーが同意《どうい》した。「チキン対決《たいけつ》のチャンピオンだよ」

すると、ギャレットは急《きゅう》に声《こえ》をひそめた。「ハンク、じつは、おまえだけに話《はな》しておきたいことがあるんだ。ここだけの話《はなし》だぞ。おれってときどき……めちゃ大《おお》きな判断《はんだん》ミスをするみたいなんだ」

ヘンリーはふきだした。笑《わら》わせるつもりなんてまったくなかったギャレットも、つられて笑《わら》った。

第《だい》13章《しょう》

一行《いっこう》がミッドポート村《むら》の広場《ひろば》を進《すす》んでいるとき、ナタリーは疑《うたが》わしそうにスティーブにたずねた。「それで、森《もり》の洋館《ようかん》とやらはどうやって見《み》つけるの？」

「心配《しんぱい》すんなって。道《みち》はちゃんとわかってる。ぜんぶこのなかに入《はい》ってるから」

スティーブは自分《じぶん》の頭《あたま》を指《ゆび》さした。「山《やま》をいくつかこえて、暗《くら》い森《もり》に入《はい》る。それから、巨大《きょだい》な赤《あか》キノコをたくさん通《とお》りすぎるんだ」

「巨大《きょだい》な赤《あか》キノコって……」ナタリーはあいかわらず信用《しんよう》していない。「まったく。つまり、テキトーなこと言《い》ってるだけってことよね。だとしたら、ちゃんとした地図《ちず》を手《て》に入《い》れなきゃ」そう言《い》って、ナタリーはうしろをふり返《かえ》った。

ヘンリーとギャレットが村《むら》の子《こ》どもたちをながめている。子《こ》どもたちは、屋外《おくがい》に並《なら》べた何十台《なんじゅうだい》ものベッドをトランポリンみたいにして、その上《うえ》で飛《と》びはねていた。ナタリーが呼《よ》んだ。「ヘンリー！　行《い》くわよ！」

すると、スティーブはナタリーに言《い》った。「いいか、あんたの弟《おとうと》には才能《さいのう》がある。その才能《さいのう》を好《す》きに使《つか》わせてやれ。この世界《せかい》では、クリエイティビティこそが生《い》きぬくカギなんだからな」

ナタリーはまだ納得《なっとく》できないという顔《かお》をしている。「でも、現実《げんじつ》の世界《せかい》じゃ、そんなふうにはいかないわよね。現実《げんじつ》では、クリエイティビティのある子《こ》は体《たい》育《いく》では最後《さいご》まで選《えら》ばれないし、さえない子《こ》たちといっしょにランチを食《た》べるはめになるし、そのうえ、いじめられるし。ヘンリーをそんな目《め》にあわせるわけにはいかないの。ヘンリーを守《まも》ることがわたしの役目《やくめ》なんだから」

「たしかに。おれがおぼえてる現実世界《げんじつせかい》もそんな感《かん》じだな」スティーブがうなずいた。

「だったら、ぼくはこっちの世界《せかい》のほうが向《む》いてるかもね」ヘンリーが口《くち》をはさんだ。いつのまにか追《お》いついて、ふたりの会話《かいわ》を聞《き》いていたようだ。

「同感《どうかん》だ」スティーブはにやっとした。

だが、ナタリーはまったく同意《どうい》できなかった。「ヘンリー、そんなこと言《い》わないで」

「なんで？　いつもぼくに『大人《おとな》になれ』って言《い》うじゃないか。そのくせ2秒《びょう》後《ご》には『大人《おとな》になるのってサイアク』とか言《い》ってるけどね」ヘンリーはそう言《い》うと、すたすたと先《さき》に行《い》ってしまった。

スティーブがナタリーのほうを向《む》いて言《い》った。「あんたが守《まも》ろうとしてるのは、ヘンリーじゃない。だろ？」本当《ほんとう》に守《まも》りたいのはナタリー自身《じしん》だと言《い》いたいのだ。スティーブは小走《こばし》りでヘンリーを追《お》った。残《のこ》されたナタリーはその場《ば》に立《た》ちつくして考《かんが》えこんだ。スティーブの言《い》ったとおりなの？　わたしはヘンリーではなく、ただ自分《じぶん》を守《まも》ろうとしてるだけなのだろうか？

するとギャレットがナタリーの横《よこ》を通《とお》りすぎながら言《い》った。「言《い》っとくけど、おれなら、もっといい姉貴《あねき》になってたと思《おも》うぜ」

さらにドーンがナタリーに追《お》いついて、声《こえ》をかけた。「大丈夫《だいじょうぶ》？　いっしょに来《き》てくれない？　地図《ちず》を売《う》ってる人《ひと》を見《み》つけたから」ふたりは地図《ちず》売《う》り場《ば》に向《む》かった。


そのころ、スティーブとギャレットとヘンリーは、村《むら》の武器庫《ぶきこ》にあるスティーブの秘密《ひみつ》の隠《かく》し場所《ばしょ》に来《き》ていた。スティーブは積《つ》まれた装備品《そうびひん》を指《ゆび》さした。「TNT《ティーエヌティー》火薬《かやく》、ロケット花火《はなび》、それに剣《けん》が山《やま》ほどある。森《もり》の洋館《ようかん》にたどりつくために必要《ひつよう》なものは、ぜんぶそろってるというわけだ」

ギャレットは周囲《しゅうい》を見《み》まわした。「どうもレイアウトが気《き》に入《い》らないな。カルマの流《なが》れが悪《わる》くなってる。手首《てくび》がビリビリするしな」そう言《い》うと、大《おお》きなブロック状《じょう》の宝石《ほうせき》を手《て》にとった。「このガラクタは、いったいなんだ？」

「エンダーパールだ」スティーブが説明《せつめい》する。「それを投《な》げれば、どこでも投《な》げた場所《ばしょ》にテレポート（瞬間移動《しゅんかんいどう》）できる」

「へえ、そうなんだ」ギャレットは鼻《はな》で笑《わら》った。スティーブの話《はなし》を信《しん》じていないのか、エンダーパールをぽーんとわきに投《な》げてみた。すると、紫色《むらさきいろ》の粒子《りゅうし》の煙《けむり》が立《た》ちのぼり、つぎの瞬間《しゅんかん》、ギャレットはエンダーパールが落《お》ちた場所《ばしょ》にワープした。すると、スティーブが言《い》った。

「で……それが最後《さいご》の１つだった。別《べつ》にたいした問題《もんだい》じゃないけどな。ただ、それを手《て》に入《い》れるためにエンダーマンと戦《たたか》ってほとんど死《し》にかけたぞ」

テレポートしたギャレットは、ぼうぜんと立《た》ちつくしたままだ。

「エンダーマンってなんなの？」ヘンリーが興味《きょうみ》しんしんでたずねる。

スティーブは顔《かお》をしかめた。「悪夢《あくむ》をつくりだすやつだよ、小僧《こぞう》。できれば

「一生《いっしょう》お目《め》にかからないほうがいい。さあ、ついてこい！」

ヘンリーはスティーブのあとをついていった。ギャレットは積《つ》み上《あ》がっているもののなかから、ひび割《わ》れて古《ふる》ぼけたキューブを見《み》つけた。支配《しはい》のオーブとほぼ同《おな》じ大《おお》きさと形《かたち》をしている。ギャレットはその古《ふる》いキューブをじっと見《み》た。それから今度《こんど》は、支配《しはい》のオーブが入《はい》っているはずのヘンリーのバッグをじっと見《み》た。

ギャレットの頭《あたま》のなかに、あるアイデアが浮《う》かんだ……。

地図売《ちずう》り場《ば》では、ナタリーとドーンが地図《ちず》を売《う》っている村人《むらびと》との会話《かいわ》に苦労《くろう》していた。

「もう一度《いちど》言《い》うけど」ナタリーがくり返《かえ》す。「森《もり》の洋館《ようかん》に行《い》くための地図《ちず》が必《ひっ》要《よう》なの」

「うーむ」村人《むらびと》はもごもごとつぶやいている。

ドーンがナタリーに近《ちか》づいてささやいた。「この人《ひと》いま、あなたに上《うえ》から目《め》線《せん》でなんか言《い》われたって思《おも》ってんじゃない？」

スティーブは、すごくかっこいい木《き》のブロックがあるところにヘンリーを連《つ》れてきた。表面《ひょうめん》には格子《こうし》の模様《もよう》がきざまれている。スティーブが説明《せつめい》する。「これが作業台《さぎょうだい》。使《つか》い方《かた》はこうだ。まず、材料《ざいりょう》をいろいろなパターンで作業台《さぎょうだい》に置《お》く」そう言《い》うと、１本《ぽん》の棒《ぼう》と２本《ほん》の鉄《てつ》の延《の》べ棒《ぼう》を台《だい》の上《うえ》に並《なら》べた。そして、ドカン！　スティーブはハンマーをつかみ、格子模様《こうしもよう》のまんなかにたたきつけた。すると、材料《ざいりょう》が美《うつく》しい剣《けん》に姿《すがた》を変《か》えた。「こんなすごい剣《けん》ができたぞ！」

そう言《い》うと、スティーブはハンマーを置《お》き、剣《けん》を持《も》ち上《あ》げてうっとりとながめた。

スティーブはその剣《けん》をヘンリーにわたした。ヘンリーは剣《けん》を光《ひかり》にかざしてしげしげと見《み》る。「イカしてるね！　試《ため》してみてもいい？」

スティーブは作業台《さぎょうだい》を手《て》で示《しめ》した。「もちろん！　自分《じぶん》の剣《けん》をつくってみろよ。いずれ必要《ひつよう》になるから」

ヘンリーは部屋《へや》のなかを見《み》まわしながら、いくつかの材料《ざいりょう》を選《えら》んだ。それから、慎重《しんちょう》な手《て》つきで作業台《さぎょうだい》にその材料《ざいりょう》を並《なら》べた。新《あたら》しいものをつくることが楽《たの》しくて、自然《しぜん》と笑顔《えがお》になってくる。

バン！　ヘンリーが格子模様《こうしもよう》をたたくと、材料《ざいりょう》は一体《いったい》となって1つの物体《ぶったい》に変《か》わった！　ヘンリーはその物体《ぶったい》を持《も》ち上《あ》げた。それは、剣《けん》、斧《おの》、メイス（先《せん》端《たん》に突起《とっき》のあるこん棒《ぼう》）を組《く》み合《あ》わせたハイブリッドな武器《ぶき》で、細《こま》かいところまでユニークなデザインがほどこされている。「ほら、見《み》て！　バトル・スワックスだよ！」ヘンリーがほこらしげに言《い》った。剣《けん》（sword）と斧《おの》（axe）を組《く》み合《あ》わせてスワックス（swax）と名《な》づけたのだ。そしてスティーブの顔《かお》を見《み》て、その武器《ぶき》をどう思《おも》っているのか反応《はんのう》を読《よ》みとろうとした。「課題《かだい》どおりにやらなかったのはわかってるよ」

「たしかにそうだな」スティーブはそう答《こた》えると、思《おも》いきりにやりとした。「でも、おまえはそれ以上《いじょう》のことをした。課題《かだい》を無視《むし》して、クリエイティビティを自由《じゆう》に働《はたら》かせたんだ！」

ヘンリーは満面《まんめん》の笑《え》みをうかべた。だれかがそう言《い》ってくれるのをずっと待《ま》っていたからだ。

第《だい》14章《しょう》

ギャレットは、指《ゆび》をポキポキ鳴《な》らしながら作業台《さぎょうだい》に近《ちか》づいた。「剣《けん》が見《み》たいのか？　ようし、おれが見《み》せてやる」

ギャレットは自分《じぶん》でもよくわからないまま部屋《へや》を歩《ある》きまわり、適当《てきとう》に材料《ざいりょう》を集《あつ》めだした。そして自慢《じまん》げに言《い》う。「忍者団《にんじゃだん》にさそわれたこともある。おれは暗闇《くらやみ》のなかでも自由《じゆう》に動《うご》けるからな。でも忍者《にんじゃ》はすべてを捨《す》てて、名無《なな》しにならなきゃいけないだろ？　そんなこと、おれはやりたくなかったんだ」

「よーくわかるよ、Ｇメンさん」スティーブがうなずきながら言《い》った。「おれはアイダホにいたころ、３つの忍者団《にんじゃだん》のメンバーだったからな。得意技《とくいわざ》は手裏《しゅり》剣《けん》だ。〝スーパー手裏剣男《しゅりけんおとこ》スティーブ〟って呼《よ》ばれたもんだ。暗闇《くらやみ》のなかで悪《わる》いやつと戦《たたか》うのは楽《らく》じゃない。でもときには、使命《しめい》をはたさなきゃなんねえんだよな。そんなとき、おれは喜《よろこ》んでやったものさ」

ギャレットはおざなりに鉄《てつ》の延《の》べ棒《ぼう》を作業台《さぎょうだい》にのせた。ハンマーを思《おも》いきりふり上《あ》げ、格子模様《こうしもよう》のところを強《つよ》く打《う》つ。ガチャーン！　延《の》べ棒《ぼう》は……バケツになった。

「まあ、いいさ」スティーブがギャレットの肩《かた》を軽《かる》くたたく。「バケツだって、ここでは役《やく》に立《た》つからな」

ギャレットは顔《かお》をしかめて、うなるような声《こえ》をあげた。

ヘンリーが作業台《さぎょうだい》に近《ちか》づいた。「ねえ、ぼくもなにかつくってみていい？」だれもダメだとは言《い》わなかったので、ヘンリーは作業台《さぎょうだい》にいくつか材料《ざいりょう》を加《くわ》え、ギャレットのバケツをつくりかえた。2つのバケツが太《ふと》い鎖《くさり》でつながれた。

ヘンリーはそれを手《て》にとると、ギャレットにわたした。「ほら見《み》て！」

ギャレットは2つのバケツをヌンチャクのようにふりまわした。「悪《わる》くないな」ギャレットはにやりとした。「なかなかいいじゃないか。バケチャクだ」ヘンリーは別《べつ》のことも思《おも》いついた。「ほかにもつくってみていい？」とスティーブに聞《き》く。

「もちろんさ。どんどんやってくれ、ハンク」とスティーブ。

「おい、ハンクって呼《よ》んでいいのはおれだけだ！」ギャレットが文句《もんく》を言《い》う。

ヘンリーはポケットの中身《なかみ》をぜんぶ出《だ》した。その山《やま》から選《えら》んだのは、9ボルト電池《でんち》、クリップ、美術《びじゅつ》の授業《じゅぎょう》でガンチー先生《せんせい》にもらったピンク色《いろ》の消《け》しゴム、小《ちい》さなハッシュドポテトだ。

「ポケットのなかにポテトだと？　おいおい、ずっと持《も》ってたのか？」とギャレットが言《い》った。

ヘンリーはその4つに、スティーブの部屋《へや》にある鉄《てつ》のかたまりや木《き》の棒《ぼう》などの材料《ざいりょう》を合《あ》わせて作業台《さぎょうだい》に並《なら》べると、ハンマーでたたいた。バン！　スティーブとギャレットがのぞきこんだ。ヘンリーがつくったのは……小《ちい》さな大砲《たいほう》のようなものだった。

「ほら見《み》て！　〝ポテト発射機《はっしゃき》〟だよ！」ヘンリーはポテトを壁《かべ》に向《む》けて発射《はっしゃ》した。すると、ドカーン！　いきなりポテトが爆発《ばくはつ》した！

スティーブはヘンリーのクリエイティビティにおどろいた。「すげえな、こんなの見《み》たことない！　現実世界《げんじつせかい》のつまらないガラクタで、とんでもないものをつくったじゃないか！　こりゃあ一段上《いちだんうえ》のレベルだ！」

スティーブのほめ言葉《ことば》がうれしくて、ヘンリーはポテト発射機《はっしゃき》をしげしげと見《み》た。

「スティーブ、ちょっと来《き》てくれ」ギャレットがスティーブをわきに呼《よ》んだ。「オーブといっしょに財宝《ざいほう》のことが書《か》かれたメモがあったんだ」

「だろうな」スティーブはうなずいた。「そこらじゅうに宝物《たからもの》があるからな。おれはレッドストーン鉱山《こうざん》にダイヤモンドをたっぷり隠《かく》してるんだ」

ギャレットの目《め》が欲深《よくぶか》そうに光《ひか》った。「そいつはいいねえ。で、あんたの宝《たから》の山《やま》は森《もり》の洋館《ようかん》に行《い》く途中《とちゅう》にあんのか？」

スティーブは首《くび》をふった。「いやいや。まったく別《べつ》の方向《ほうこう》だよ。それに鉱山《こうざん》はすごく危険《きけん》だ」

ギャレットは肩《かた》をすくめた。「じゃあ、寄《よ》り道《みち》することになりそうだな」そう言《い》うと、ジャケットの前《まえ》を開《ひら》いてスティーブに見《み》せた。そこには、支配《しはい》のオーブがあった！ ヘンリーが夢中《むちゅう》で新《あたら》しい道具《どうぐ》をつくっている間《あいだ》に、ギャレットはバッグのなかのオーブを、ひびの入《はい》った古《ふる》いオーブとすりかえたのだ。「ようするに、こういうことさ」ギャレットはきっぱりと言《い》った。「ダイヤモンドをよこさなきゃ、オーブはわたさない」

スティーブがどうしたものかと考《かんが》えていると、低《ひく》くとどろくような音《おと》が聞《き》こえてきた。同時《どうじ》に地面《じめん》がゆれだし、武器《ぶき》が床《ゆか》に落《お》ちる。ガチャーン！

地図《ちず》売《う》り場《ば》では、ナタリー、ドーン、村人《むらびと》たちも地面《じめん》のゆれを感《かん》じていた。原因《げんいん》はわからないが、なにか大変《たいへん》なことが起《お》きたにちがいない。

「これって、ふつうのこと?」ヘンリーは不安《ふあん》そうにスティーブにたずねた。

「いや。こりゃまずい」スティーブは様子《ようす》を見《み》に急《いそ》いで外《そと》へ出《で》た。ヘンリーとギャレットもあとに続《つづ》く。

3人《にん》が広場《ひろば》に出《で》ると、おそろしいピグリン兵《へい》の大軍《たいぐん》が見《み》えた。チャンガス将《しょう》軍《ぐん》にひきいられ、村《むら》のなかに突進《とっしん》してくる！

チャンガス将軍《しょうぐん》がこぶしを上《あ》げて合図《あいず》すると、兵士《へいし》たちがいっせいにおそいかかり、村人《むらびと》たちは散《ち》り散《ぢ》りに逃《に》げだした。地図《ちず》を売《う》っていた製図家《せいずか》も逃《に》げていく。ナタリーとドーンのそばにいた村人《むらびと》に、ピグリンが矢《や》を放《はな》った。スパッ！

するとその村人《むらびと》はばらばらになって消《き》えてしまった！

ナタリーとドーンは悲鳴《ひめい》をあげながらテーブルを押《お》したおし、そのうしろにかくれて盾《たて》がわりにした。矢《や》がつぎつぎとテーブルに当《あ》たる。バシッ！　バシッ！　バシッ！　バシッ！

「あれは、だれ……っていうか、あれはなんだ？」ギャレットが聞《き》いた。

「ピグリンさ。きっとオーブを追《お》ってきたんだ」スティーブは答《こた》え、飛《と》んでくる矢《や》に向《む》かって盾《たて》をかかげた。ギャレットとヘンリーはそのうしろに身《み》を隠《かく》した。

チャンガスが村人《むらびと》たちをうるさいハエのように払《はら》いのけながら、こちらに突進《とっしん》してくる。そしてスティーブを見《み》つけると、親《した》しげに手《て》をふった。「やあ、スティーブ！　会《あ》えてうれしいよ！　オーブをいただきにきたぜ！」

「クソッ」スティーブはため息《いき》をついた。「チャンガスめ。マルゴシャはおれをだましたんだな！」チャンガスがどんどん近《ちか》づいてくる。スティーブは盾《たて》を捨《す》てて、剣《けん》をふりまわした。「みんな、下《さ》がってろ。このブタはおれがたおす！」

ギャレットが、ヒーローを気《き》どってスティーブの前《まえ》に進《すす》み出《で》た。「いや、おれがやる！　あんたばっかり目立《めだ》つのはもううんざりだ」そう言《い》って、バケチャクをぶんぶんとふりまわした。

「ギャレット、待《ま》てよ……」スティーブが言《い》いかけたとき、ゴンッ！　とバケツが頭《あたま》にぶつかった。スティーブはたおれて気《き》を失《うしな》った。

第《だい》15章《しょう》

「スティーブ！」ヘンリーがさけんだ。

チャンガス将軍《しょうぐん》がものすごい速《はや》さでギャレットに近《ちか》づいてくる。と思《おも》ったら……止《と》まった。ギャレットの真正面《ましょうめん》までくるとチャンガスは言《い》った。「おい、おまえ。別《べつ》に戦《たたか》う必要《ひつよう》はない。オーブをわたしてくれれば、それでいい」

「悪《わる》いな。ブタとは取引《とりひき》しないもんでね」ギャレットはそう言《い》うと、バケツをふりまわした。だが、チャンガスはあっさりとギャレットをたおし、ブウブウと声《こえ》をあげながらギャレットを引《ひ》きずっていった。

ヘンリーはとっさに、ポテト発射機《はっしゃき》でほかのピグリンを攻撃《こうげき》した。ポンッ！　ポンッ！　ポンッ！　地面《じめん》をねらってポテトを発射《はっしゃ》し、ピグリンたちの足《あし》をすべらせていく。

チャンガスはギャレットをけり飛《と》ばして地面《じめん》にころがした。ギャレットは起《お》きあがると、頭《あたま》をふって意識《いしき》をはっきりさせようとした。チャンガスがまた近《ちか》づいてくる。「ちっ、ちっ、ちっ、ちっ、ちっ……来《く》るなら来《こ》いよ」ギャレットは小《ちい》さな声《こえ》でつぶやいた。

チャンガスが最後《さいご》の一撃《いちげき》をくらわせようとしたまさにそのとき、アイアンゴーレムが両腕《りょううで》でチャンガスをぶんなぐった。チャンガスはミッドポート村《むら》の反対側《はんたいがわ》までふっとんでいく。ゴーレムがギャレットのほうを見《み》たので、ギャレットはうなずき返《かえ》した。「ありがとよ」そう言《い》ってギャレットは立《た》ち上《あ》がり、ヘンリーにかけよった。そこへスティーブもやってきた。

「なにがあったんだ⁉」スティーブはまだ少《すこ》しくらくらしながらたずねた。

「おれが弱《よわ》っちいあんたを助《たす》けてやったのさ」ギャレットは得意《とくい》げに言《い》った。

「礼《れい》はあとでいいぜ」

そのとき、おそろしいピグリンたちが追《お》いかけてきたので、3人《にん》は走《はし》って逃《に》げた。

ナタリーはピグリンと戦《たたか》いながらも、ヘンリーがギャレットやスティーブと逃《に》げていくのに気《き》づいた。ヘンリーがふりむき、一瞬《いっしゅん》ナタリーと目《め》が合《あ》った。だが、ふたりの間《あいだ》にいるピグリンが多《おお》すぎる。ヘンリーは走《はし》りつづけるしかなかった。

「ヘンリー！」ナタリーがさけんだ。

「逃《に》げなきゃ」ドーンが言《い》う。「早《はや》く！」

「ドーン、ヘンリーのところに行《い》かせて。あの子《こ》にはわたしが必要《ひつよう》なの」ナタリーは泣《な》きつくように言《い》った。

「あの子《こ》に必要《ひつよう》なのは、あなたが生《い》きてることよ」ドーンがきっぱりと言《い》い返《かえ》す。「来《き》て！　ヘンリーとは森《もり》の洋館《ようかん》で合流《ごうりゅう》できるから」

「そうだ、製図家《せいずか》さんよ！」ナタリーは思《おも》い出《だ》した。「あの人《ひと》を見《み》つけなきゃ！」

「行《い》くわよ！」ドーンが言《い》い、ふたりは走《はし》りだした。

スティーブ、ヘンリー、ギャレットは村《むら》のはずれまで来《く》ると、がけのてっぺんに続《つづ》く大《おお》きな石《いし》の階段《かいだん》をかけ上《あ》がった。ピグリンたちがまだ追《お》いかけてくる。

「ギャレット。ナタリーは？」ヘンリーは息《いき》を切《き》らして言《い》った。

「森《もり》の洋館《ようかん》に行《い》けば会《あ》えるさ！」ギャレットが約束《やくそく》する。

ヘンリーは石段《いしだん》の下《した》のほうを見《み》た。ピグリンたちがいまにも追《お》いつきそうだ。

ヘンリーはすばやくブロックをたたきおとし、下《した》の段《だん》にほうり投《な》げて即席《そくせき》の壁《かべ》をつくった。これで追手《おって》のスピードが落《お》ちるはずだ。

3人《にん》はがけのはしにたどりついた。下《した》は深《ふか》い谷《たに》だ。もう逃《に》げ場《ば》はない。

「どうしよう？」ヘンリーがパニックになって言《い》った。

「1つだけ方法《ほうほう》がある」スティーブはバッグから〝羽《はね》のスーツ〟を取《と》り出《だ》した。

「エリトラ・ウイングスーツだ！」そう大声《おおごえ》をあげると、ヘンリーとギャレットの背中《せなか》にそれをたたきつけるように装着《そうちゃく》した。ブウォーーン！　かすかに紫色《むらさきいろ》にかがやく灰色《はいいろ》の大《おお》きな羽《はね》が、ふたりの背中《せなか》に広《ひろ》がった。

「すごい！」ヘンリーは体《からだ》をひねって羽《はね》を観察《かんさつ》する。

石段《いしだん》の下《した》のほうでは、ピグリンたちがヘンリーがつくった壁《かべ》をつきやぶっていた。

スティーブは谷《たに》の向《む》こうを指《ゆび》さした。「あの山《やま》を目指《めざ》すんだ！」

「山《やま》だって？」ヘンリーはとまどった。「森《もり》の洋館《ようかん》に向《む》かってるんじゃなかったっけ？」

「ハンク、大人《おとな》の言《い》うことを聞《き》け」ギャレットがしかりつける。

「だって……」

「あばよ」ギャレットはそう言《い》うと、ヘンリーをがけからつき落《お》とした。

「うわあーーーーー！」ヘンリーはさけびながらまっ逆《さか》さまに落《お》ち、姿《すがた》が見《み》えなくなった。

ギャレットはスティーブをふり返《かえ》った。「これ、ほんとに飛《と》べるんだろうな？」

「もちろんだ」スティーブが断言《だんげん》する。

「なら、よかったよ。じゃなきゃ、人殺《ひとごろ》しになるところだった」

ヘンリーが空高《そらたか》く舞《ま》いあがり、ふたたび姿《すがた》をあらわした。ヘンリーの恐怖《きょうふ》は感動《かんどう》に変《か》わっていた。「わお！」と声《こえ》を張《は》り上《あ》げる。

そのとき、ピグリンたちがギャレットとスティーブのそばまでせまってきた。

「ついてこい！」ギャレットはスティーブにそう言《い》うと、がけから飛《と》びおりた。

スティーブは、自分《じぶん》のバッグのなかを引《ひ》っかきまわしてエリトラ・ウイングスーツを探《さが》した。だが、見《み》つからない。「なんてこった！　3つ持《も》ってきたとばかり思《おも》ってた！」

スティーブはがけからジャンプして、ギャレットの背中《せなか》に飛《と》び乗《の》った。

ヘンリーはすべるように空《そら》を飛《と》びながらだんだんとコツをつかみ、エリトラ・ウイングスーツが大好《だいす》きになっていた。ギャレットもヘンリーの横《よこ》に飛《と》んできた。背中《せなか》にはスティーブが乗《の》り、ギャレットの長《なが》い髪《かみ》の毛《け》を引《ひ》っぱって操縦《そうじゅう》している。

ギャレットには、それがなんとも気《き》に入《い》らなかった。

「おい、やめろ！　髪《かみ》の毛《け》を放《はな》せ！　おれはあんたの飼《か》い馬《うま》じゃない」

「まあまあ、落《お》ちついて」スティーブは自信《じしん》に満《み》ちた声《こえ》でなだめた。「おれの腰《こし》の動《うご》きにまかせろ。そうするしかないだろ？」

ドカーン！　突然《とつぜん》、３人《にん》の間《あいだ》で火《ひ》の玉《たま》が爆発《ばくはつ》した！

ふりむくと、四角《しかく》い熱気球《ねつききゅう》のような空飛《そらと》ぶ巨大《きょだい》なモブ、ガストの軍団《ぐんだん》がせまっていた。触手《しょくしゅ》を下《した》にぶらぶらさせている。ガストからつり下《さ》げられたバスケットにピグリンたちが乗《の》っていた。ピグリンは槍《やり》でガストをつきながら操縦《そうじゅう》し、こちらに矢《や》を放《はな》ってくる。

「ハンク！　二手《ふたて》に分《わ》かれたほうがいい！」スティーブの声《こえ》が聞《き》こえてきた。

「え、マジ!?」ヘンリーはさけんだ。

第《だい》16章《しょう》

ヘンリーはいやいやながら、ギャレットたちとは別《べつ》の方向《ほうこう》へ飛《と》んでいった。1体《たい》のガストが追《お》いかけてくる。2体《たい》の大《おお》きなピグリンが、ゾンビ化《か》した小《ちい》さなピグリンをヘンリーに投《な》げつけた。ピグリンはヘンリーの足《あし》にしがみついた。「うわっ！」ヘンリーは悲鳴《ひめい》をあげながら、ふりおとそうとした。「放《はな》せ！放《はな》せったら！」

ヘンリーは頼《たの》みのポテト発射機《はっしゃき》を取《と》り出《だ》して、ゾンビ化《か》ピグリンにねらいをさだめる。ところが、まさに引《ひ》き金《がね》を引《ひ》こうとしたそのとき、飛《と》んできた矢《や》がポテト発射機《はっしゃき》に当《あ》たり、ねらいがはずれた。その矢《や》を射《い》たのは、クロスボウを持《も》ったピグリンだった。ヘンリーはそのピグリンをポテトで撃《う》ちおとした。ポンッ！　ポンッ！　ポンッ！

ヘンリーが足《あし》をつかんでいるピグリンに向《む》きなおろうとすると、そのピグリンにポテト発射機《はっしゃき》をはたき落《お》とされた。目《め》の前《まえ》を発射機《はっしゃき》がころがり落《お》ちていく……どんどん下《した》へ……どんどん下《した》へと落《お》ちていき……消《き》えてしまった！

スティーブとギャレットは2体《たい》のガストにはさまれて飛《と》んでいた。「もっと速《はや》く飛《と》ばないとヤバい！」スティーブがわめいた。

「あんたが重《おも》すぎるんだろ！」ギャレットが文句《もんく》を言《い》う。

2体《たい》のガストの下《した》のバスケットにいるピグリンが武器《ぶき》をかまえた。スティーブが前《まえ》かがみになり、ギャレットは急降下《きゅうこうか》する。ドカーン！　ドカーン！　なんと、ガストたちが相打《あいう》ちになって2体《たい》とも爆発《ばくはつ》した！

高《たか》いがけの上《うえ》では、ホグリン（イノシシのようなモブ）に乗《の》った騎兵隊《きへいたい》が、スティーブとギャレットに並《なら》ぶように走《はし》っていた。ピグリンの騎兵《きへい》たちは黒《くろ》いあごひげにモヒカン頭《あたま》だ。そのうちの2体《たい》がホグリンからギャレットの上《うえ》に飛《と》びうつって、スティーブをたたきのめした。落《お》ちそうになったスティーブはギャレットに必死《ひっし》でしがみついた。ピグリン騎兵《きへい》はギャレットをなぐり、髪《かみ》の毛《け》を引《ひ》っぱった。

「い、いたたたた！」ギャレットがわめいた。「どうなってんだ⁉」

ヘンリーがギャレットたちのところまで飛《と》んできた。ゾンビ化《か》ピグリンはまだヘンリーの足《あし》をつかんで放《はな》そうとしない。

「ヘンリー！」スティーブが大声《おおごえ》で呼《よ》んだ。

ヘンリーはやっきになってピグリンを指《ゆび》さした。「こいつが離《はな》れないんだよ！」

「ロケットを使《つか》え！」スティーブがアドバイスする。

「わかった！」ヘンリーはロケット花火《はなび》をバッグから取《と》り出《だ》して火《ひ》をつけた。

ヒューーーッ！

ロケットの推進力《すいしんりょく》のいきおいで、ピグリンはヘンリーの足《あし》からふき飛《と》ばされてガストの口《くち》のなかに入《はい》っていった。いっぽう、ロケットを持《も》っているヘンリーは前《まえ》へ急発進《きゅうはっしん》し、前方《ぜんぽう》の山《やま》のせまいトンネルのなかにまっすぐ飛《と》んでいく。

「あーーーっ！」という悲鳴《ひめい》をあげながら。

「なるほど、いい考《かんが》えだ」スティーブがギャレットに言《い》った。「おれたちもあのトンネルに入《はい》るぞ！」

「オッケー」ギャレットは方向《ほうこう》を変《か》えてトンネルの小《ちい》さな入《い》り口《ぐち》に向《む》かった。

「でも、せまそうだぜ。しっかりつかまってろよ！」

スティーブとギャレットがトンネルに入《はい》ったとき、ギャレットの背中《せなか》に乗《の》っていた2体《たい》の騎兵《きへい》が入《い》り口《ぐち》にぶつかって落《お》っこちた。ドスーン！

トンネルを出《で》たところで、ヘンリーはコントロールを失《うしな》い、ギャレットたちに衝突《しょうとつ》してしまった。おたがいの羽《はね》がからまり、３人《にん》とも地面《じめん》に向《む》かって落《お》ちはじめる。スティーブはすばやくバケツを取《と》り出《だ》してヘンリーにわたした。

「着地《ちゃくち》する前《まえ》に水《みず》をまくんだ！　衝撃《しょうげき》がやわらぐぞ！」

ヘンリーが疑《うたが》わしそうな顔《かお》をした。スティーブは言《い》った。「おれを信《しん》じろ！　水《みず》の入《はい》ったバケツだ！　それを投《な》げろ！」

ヘンリーはバケツをほうり投《な》げた。すると、すぐ下《した》で水《みず》しぶきのクッションが広《ひろ》がった！　３人《にん》はその上《うえ》に落《お》ちてころがり、けがひとつせずにすんだ。レッドストーン山地《さんち》はまだ先《さき》だが、かなり近《ちか》づいていた。

いっぽうミッドポート村《むら》では、戦《たたか》いに敗《やぶ》れたチャンガス将軍《しょうぐん》とピグリン部隊《ぶたい》が、マルゴシャの前《まえ》にひざまずいていた。みんなネザーウォートのきき目《め》がなくなってゾンビ化《か》しはじめている。「チャンガス将軍《しょうぐん》」魔女《まじょ》のマルゴシャがとげとげしく言《い》った。「おまえにがっかりさせられるのはもうごめんだ」

「お待《ま》ちください、女王陛下《じょおうへいか》」チャンガスは必死《ひっし》に言《い》いわけした。「みんなが知《し》っているように、今日《きょう》は調子《ちょうし》が悪《わる》かったんです。ですが健康《けんこう》になれるよう、自分《じぶん》なりに解決策《かいけつさく》を考《かんが》えてまして……。たとえば、もっと野菜《やさい》を食《た》べるとか……」

「あのけだものを連《つ》れてくるんだ！」マルゴシャが声《こえ》をあらげた。するとピグリンの使者《ししゃ》が小走《こばし》りでやってきて、マルゴシャの耳《みみ》になにかささやいた。「『あとは脳《のう》みそを入《い》れるだけ』って、どういうことだ？」とマルゴシャ。ピグリンがさらにささやくと、マルゴシャは大声《おおごえ》でどなった。「ああ、そりゃあ大事《だいじ》なことだ！　さっさとおやり！」

ピグリンの使者《ししゃ》はあわてて走《はし》っていった。

「質問《しつもん》ですが……」とチャンガス。「逃《に》げようとして失敗《しっぱい》したら、もっとひどい死《し》に方《かた》になりますかね？　そこ、知《し》りたいんですけど」

ドス。ドス。ドス。ドス。

そこに、ピグリンのボス、グレートホッグがやってきた。

グレートホッグはものすごく大《おお》きかった。強《つよ》く、みにくく、おそろしい。邪《じゃ》悪《あく》な目《め》がぎらぎら光《ひか》っている。

「グレートホッグよ」マルゴシャが、いとおしそうに大《おお》げさな声《こえ》で呼《よ》びかけた。

「わが最終兵器《さいしゅうへいき》よ。ついに完成《かんせい》した」そしてチャンガスをあごで指《さ》した。「この役立《やくた》たずの負《ま》け犬《いぬ》を始末《しまつ》しておくれ」

グレートホッグが武器《ぶき》にエネルギーを充《じゅう》てんする。

「まあ、悔《く》いはないさ」チャンガスは言《い》った。「持《も》てる力《ちから》をすべて出《だ》しきったからな」

バシッ！　グレートホッグがチャンガス将軍《しょうぐん》を撃《う》った。そのとたん、チャンガスは焼《や》きたてのポークチョップに変《か》わった。おなかをすかせたゾンビ化《か》ピグリンたちが、よろよろとポークチョップに近《ちか》づいていく。

「丸《まる》っこい連中《れんちゅう》どもを殺《ころ》して、オーブをとってくるんだ」マルゴシャがグレートホッグに命令《めいれい》する。「それから、このゾンビ化《か》ピグリンたちを片《かた》づけておくれ。もう役《やく》に立《た》たないからね」

グレートホッグがゾンビ化《か》ピグリンたちに火《ひ》の玉《たま》を発射《はっしゃ》すると、マルゴシャは声《こえ》をたてて笑《わら》い、ネザーウォートをひと口《くち》飲《の》んだ。

ミッドポート村《むら》のはずれの川《かわ》で、製図家《せいずか》が小《ち い》さなボートに乗《の》ってただよっていた。自分《じぶん》が追《お》われているとも知《し》らずに。その姿《すがた》をドーンが川岸《かわぎし》から見《み》つけた。

「あそこよ！　あそこにいる！」ドーンとナタリーは古《ふる》い桟橋《さんばし》まで走《はし》った。

「ここにもどってきて！」ナタリーが製図家《せいずか》に向《む》かってさけぶ。「地図《ちず》がいるんです！」

製図家《せいずか》はふたりを無視《むし》している。

「ボートがいるわね。こういうときにヘンリーがいれば役《やく》に立《た》つのに」ドーンが言《い》った。ヘンリーなら、このふしぎな世界《せかい》でなんでもつくれそうだと思《おも》ったのだ。

「オーケー」とナタリー。「えっと、ヘンリーならあのヘンテコな木《き》のマジックをするよね……」ナタリーは身《み》をかがめると、桟橋《さんばし》にパンチをして数個《すうこ》のブロックをたたき落《お》とした。

「早《はや》く！」ドーンがせきたてる。「製図家《せいずか》がどんどん行《い》っちゃう」

「いたた！」ナタリーは指《ゆび》の関節《かんせつ》をなでながら言《い》った。「これって、うまくいってるってこと？」立《た》ち上《あ》がってブロックを川《かわ》にほうり投《な》げてみる。だが、ブロックはそのまま流《なが》れていくだけだ。

「うーん、あれはボートじゃない。水《みず》に浮《う》かぶ、ただのブロックのかたまり」ドーンはそう言《い》って、ブロックをじっと見《み》た。そして石《いし》を1つ拾《ひろ》うと、草《くさ》の上《うえ》にほうり投《な》げた。「ほら、見《み》て！　家《いえ》が建《た》ったわよ」と皮肉《ひにく》を言《い》う。

「ごめんなさいね！」ナタリーはいらいらして爆発《ばくはつ》しそうだ。「なにをしてるのか、自分《じぶん》でもわからない。なにかをつくる（クラフト）ことなんて、わたしにはできないの！」

ドーンは川下《かわしも》のほうを見《み》つめた。「ほら、あの片《かた》めがねをかけた変人《へんじん》が行《い》っちゃうわよ。走《はし》って追《お》いかけなきゃ」ドーンは、ミッドポート村《むら》のほうをちらっとふり返《かえ》った。「ブタの化《ば》け物《もの》たちに追《お》いつかれないうちにここを出《で》ないと」

ドーンは川岸《かわぎし》に沿《そ》って走《はし》りだした。ナタリーもあとを追《お》った。

ふたりの背後《はいご》の森《もり》では、カサカサと葉《は》のすれる音《おと》とあらい息《いき》づかいがした。

だれかが、あるいはなにかが、ふたりを見張《みは》っていたのだ……。

第《だい》17章《しょう》

ヘンリー、ギャレット、スティーブは、レッドストーン山地《さんち》のふもとに向《む》かって歩《ある》いていた。

「話《はなし》があるんだろ、相棒《あいぼう》」ギャレットがスティーブに言《い》った。「おれとハンクも聞《き》きたいことがあるしな」

ヘンリーも言《い》った。「そうだよ。さっき言《い》ってた魔女《まじょ》ってだれなの？」

「それと、あのブタの化《ば》け物《もの》たちはずっと追《お》いかけてくるってことか？」ギャレットも質問《しつもん》した。

スティーブが答《こた》えた。「残念《ざんねん》だが、そうだろうな。魔女《まじょ》は、マルゴシャって名《な》のピグリンの女王《じょおう》だ。ネザーって名《な》の暗黒《あんこく》の世界《せかい》を支配《しはい》しているんだが、そりゃひでえ場所《ばしょ》だよ。熱《あつ》い溶岩《ようがん》とブタ野郎《やろう》しかいなくてよ。ピグリンは金《きん》のことしか頭《あたま》にないバカなけだものさ」

「金《きん》だって？」ギャレットが食《く》いついた。

「マルゴシャは、オーバーワールドに戦《たたか》いをしかけるつもりだ。オーバーワールドを表《あらわ》すものがすべて大《だい》きらいなんだ」

「なんでそんなこと知《し》ってるの？」とヘンリー。

「おれは長《なが》い間《あいだ》、マルゴシャにつかまってたからな」スティーブは言《い》った。

３人《にん》はだまったまま、しばらく歩《ある》きつづけた。ヘンリーはオーバーワールドのすばらしいカラフルな景色《けしき》を見《み》わたした。「こんなきれいな場所《ばしょ》を、マルゴシャはどうして憎《にく》んでるんだろう？」ヘンリーがふしぎがる。

「マルゴシャは本物《ほんもの》のクリエイティビティを憎《にく》んでるんだ。マルゴシャがまだ子《こ》どものピグリンだったころ、自分《じぶん》の彫刻品《ちょうこくひん》を見本市《みほんいち》に出品《しゅっぴん》しようとしたことがある。でも、彫刻《ちょうこく》にかけてあった布《ぬの》をとったとたん、みんながゲラゲラ笑《わら》ったんだ！　そのあとどうなったかはわかるだろ？　悪《わる》い女王《じょおう》になったのさ。怒《いか》りとはずかしさから、闇《やみ》の魔力《まりょく》が生《う》まれたんだ。はむかう者《もの》はだれでも、杖《つえ》でふき飛《と》ばしてポークチョップにしてきたんだ」

「うーん、ポークチョップか」またおなかがすいてきたギャレットが言《い》った。

「マルゴシャは創造《そうぞう》することができなかったから、破壊《はかい》してるんだ。オーブを手《て》に入《い》れたら、太陽《たいよう》から光《ひかり》をうばうつもりだろうな。そうすりゃ、ネザーウォートがいっぱい増《ふ》えていく。この美《うつく》しい世界《せかい》やここにあるものすべてがしおれて死《し》んじまう。なにもかもネザーになるんだ。永遠《えいえん》に」

「それなのに、マルゴシャにオーブをわたすつもりだったわけ？」ヘンリーはせめるように言《い》った。「たいした考《かんが》えだよね」

「もちろん、わたす気《き》なんかない！　ただ、おれにはオーブが必要《ひつよう》なんだよ。

デニスを助《たす》けなきゃならないからな」スティーブの声《こえ》は必死《ひっし》だった。

ヘンリーの顔《かお》は決意《けつい》に満《み》ちていた。オーバーワールドが大好《だいす》きになったから、破壊《はかい》されたくないのだ。「マルゴシャにはぜったいにオーブをわたさない」ヘンリーはきっぱりと言《い》った。そしてギャレットのほうを向《む》いた。「それが、ぼくたちがここに来《き》た本当《ほんとう》の理由《りゆう》かもしれない。オーブは宝《たから》にみちびくためにぼくたちを連《つ》れてきたんじゃない。きっと、ぼくたちがこの世界《せかい》を救《すく》うためなんだよ」

ギャレットは納得《なっとく》していないようだ。店《みせ》を守《まも》るには、やはりお金《かね》が必要《ひつよう》だ。「両方《りょうほう》できるんじゃないか」ギャレットは言《い》った。

スティーブは前《まえ》にそびえる山《やま》を見上《みあ》げて説明《せつめい》した。「森《もり》の洋館《ようかん》はレッドストーン山地《さんち》の向《む》こう側《がわ》にある。山《やま》をこえてもいいし、なかを通《とお》りぬけてもいい」そう言《い》うと、スティーブは鉱山《こうざん》を採掘《さいくつ》するための入《い》り口《ぐち》を指《ゆび》さした。

「どっちが早《はや》いの?」ヘンリーがたずねた。「とにかくぼくたちは森《もり》の洋館《ようかん》に行《い》かなきゃ。そこでナタリーに会《あ》える。そのはずだよ」

ギャレットがスティーブをちらっと見《み》た。その目《め》はこう語《かた》っていた。約束《やくそく》をおぼえてるだろうな――鉱山《こうざん》のなかを通《とお》るんだ。そうすりゃ、おれはダイヤモンドをたくさん手《て》に入《い》れられる。でないと、オーブはわたさないぞ!

スティーブはギャレットの考《かんが》えていることがわかったので、しかたなく言《い》った。「鉱山《こうざん》のなかを通《とお》るほうが早《はや》いだろうな」

「わかった」ヘンリーはそう言《い》うと、バッグから金色《きんいろ》の物体《ぶったい》を取《と》り出《だ》した。そして、照《て》れくさそうに言《い》った。「ねえ、ギャレット。これ、ギャレットのために村《むら》でつくったんだ。ちょっとお礼《れい》がしたくて。チャグラスでぼくにやさしくしてくれたのは、ギャレットだけだから」

「ありがとよ」ギャレットは金色《きんいろ》の物体《ぶったい》を受《う》けとったが、なんだかきまり悪《わる》かった。ヘンリーはまた歩《ある》きだした。

ギャレットはそのプレゼントをじっくり見《み》た。ギャレットの顔《かお》のついたトロフィーだった。店《みせ》のチラシの似顔絵《にがおえ》を写《うつ》したのだろう。そして、〝バディ(親友《しんゆう》)・オブ・ザ・イヤー〟という文字《もじ》がきざまれている。ギャレットはにっこりした。

トロフィーをジャケットのポケットに入《い》れるとき、ギャレットの手《て》に、ヘンリーのバッグからぬすんだオーブがふれた。目《め》の前《まえ》を歩《ある》くヘンリーを見《み》つめていると、これまでに感《かん》じたことのない感情《かんじょう》がわいてきた。

ひょっとして、これは……罪悪感《ざいあくかん》？

第《だい》18章《しょう》

ナタリーとドーンは川岸《かわぎし》を歩《ある》いていった。やがて夜《よる》になると、ゾンビやスケルトンがあらわれだした。

「なるほどね」ナタリーが皮肉《ひにく》っぽく言《い》った。「製図家《せいずか》は見失《みうしな》う。弟《おとうと》は見《み》つからない。そのうえ森《もり》の洋館《ようかん》がどこかもわからない。まったく、上出来《じょうでき》よ」そう言《い》うと、スケルトンの顔《かお》をシャベルでたたいた。バシッ！

「あなたのせいじゃないわよ、ナタリー。わたしはブタとも働《はたら》いてるけど、あの子《こ》たちが戦《たたか》いをしかけてきたら、まったくお手上《てあ》げよ」ドーンは、ナタリーをなぐさめながら、ゾンビをたたいた。ビシッ！

ナタリーはため息《いき》をついた。「わたしの仕事《しごと》はヘンリーを守《まも》ることなのに、しくじってばっかり。ヘンリーを守《まも》りとおすって、ママに約束《やくそく》したのにね。だけど、わたしは子《こ》どものめんどうを見《み》るとかにぜんぜん向《む》いてない」バシッ！ナタリーは、また1体《たい》、ゾンビをたおした。「もう少《すこ》しだけ、子《こ》どものままでいたかったな。なんでもできるみたいな気《き》がする時期《じき》のまま」

「わかるわよ。大人《おとな》になるのってサイテーよね。いろいろ責任《せきにん》を負《お》わなきゃいけないし。夢《ゆめ》をあきらめなきゃいけないし」そう言《い》うと、ドーンはさらにゾンビをぶちのめした。バン！ピシャッ！ドス！「わたしが、15個《こ》もの仕事《しごと》を好《す》きでやってると思《おも》う？　わたしだって、あなたの弟《おとうと》みたいになりたくてたまらない。あの子《こ》、ちょっと変《か》わってるけど、なんでもやりたいことをやるし

……」

「わたしたち、まちがってるのかも。ていうか、ほんとに好《す》きなことをしたほうがいいんじゃない？」ナタリーがつぶやいた。

すると、シャベルでスケルトンをなぐりながら、ドーンも言《い》った。「わたしはうちの動物《どうぶつ》たちが大好《だいす》き。だから、動物園《どうぶつえん》をずっとやっていきたい。でも、もしうまくいかなかったら？　動物園《どうぶつえん》にすべてを注《そそ》ぎこんで、突然《とつぜん》つぶれちゃったら？　そんなふうに思《おも》っちゃう。だから、あなたの弟《おとうと》が好《す》きなのよ。ヘンリーならすぐに試《ため》してみるでしょ？　よくは知《し》らないけど。わたしはね、大丈夫《だいじょうぶ》だという証拠《しょうこ》がないとダメなのよ」

そのとき、そばの森《もり》でカサカサと葉《は》のすれる音《おと》がして、大《おお》きなモブがあらわれた……。

オオカミだ。

オオカミはうなりながら、ゆっくりとドーンとナタリーに近《ちか》づいてくる。ふたりはあとずさった。

ナタリーがシャベルを持《も》ち上《あ》げ、勇《いさ》ましい声《こえ》を出《だ》そうとした。「あんたもやっつけてほしいわけ？　ぼうや！」

「ちょっと、ちょっと、ちょっと。まずは落《お》ちつこう」ドーンが両手《りょうて》を上《あ》げて言《い》った。オオカミにゆっくり近《ちか》づきながら、途中《とちゅう》でスケルトンの骨《ほね》を拾《ひろ》う。「この子《こ》は少《すこ》しやさしくしてもらいたいだけ。そうよね、ぼうや？」ドーンが骨《ほね》をさし出《だ》すと、オオカミはクンクンにおいをかいでから、うれしそうにむしゃむしゃと食《た》べはじめた。それから、おすわりをして首《くび》をかしげ、長《なが》い舌《した》をたらして、うれしそうにハアハアした。

「あら、かわいいわね」ドーンはやさしく言《い》うと、気《き》をつけながらオオカミの毛《け》をくしゃくしゃとなでた。「あなたはとってもすてきなワンちゃんね」

ナタリーは感心《かんしん》した。「そんなことできるなんてすごい！」

ドーンがオオカミをなでていると、その首《くび》もとにブロック状《じょう》の首輪《くびわ》があらわれた。ポン！　ドーンは首輪《くびわ》についている名札《なふだ》の名前《なまえ》を読《よ》んだ。「デニスですって？　もしかして、スティーブのデニス？」

デニスは2回《かい》ほえた。「アオン！　アオン！」

「ねえ……スティーブのところへ連《つ》れてってくれる？」ドーンはたずねた。

デニスはさっとかけだした。数歩先《すうほさき》で立《た》ちどまると、ふたりも来《き》ているか確《たし》かめるようにふり返《かえ》る。

ナタリーとドーンはデニスについていった。

第《だい》19章《しょう》

スティーブが先頭《せんとう》に立《た》ち、レッドストーン鉱山《こうざん》のなかを歩《ある》いていく。線路《せんろ》に沿《そ》って進《すす》み、古《ふる》い機械《きかい》のそばを通《とお》りすぎる。「この光《ひか》ってるものが見《み》えるか？」スティーブが言《い》った。「これはレッドストーン。エネルギーを伝《つた》えるんだ。こいつでおもしろい装置《そうち》がつくれるのさ」スティーブがその石《いし》を軽《かる》くたたくと、さらに明《あか》るく光《ひか》った。ヘンリーはレッドストーン鉱石《こうせき》を採掘《さいくつ》してみた。すると、レッドストーンの粉《こな》が出《で》た。ヘンリーはにこにこしながら、鉱石《こうせき》と粉《こな》をうっとりと見《み》つめた。

「ダイヤモンド鉱山《こうざん》だと思《おも》ってたぜ」ギャレットが不平《ふへい》がましく言《い》った。赤《あか》く光《ひか》ってエネルギーを伝《つた》える赤《あか》い石《いし》なんかじゃ、店《みせ》を救《すく》えないじゃないか。

「まあ、あわてるな、ぼうや」スティーブはギャレットをなだめた。「ここにちゃんとあるから。おまえの欲《ほ》しいものが物質的《ぶっしつてき》な豊《ゆた》かさなら、手《て》に入《はい》るさ」

「これまでの人生《じんせい》、ずっとそうだったわけじゃないぜ。でもまあ、いただいてくよ」ギャレットはそう言《い》うと、ダイヤモンドを見《み》つけようと目《め》をこらしながら、鉱山《こうざん》の奥《おく》に進《すす》んでいった。

「ずっと前《まえ》にわなをたくさんしかけたから、気《き》をつけろよ」スティーブが注意《ちゅうい》した。「自動粘着《じどうねんちゃく》ピストン式《しき》のわなだ。最初《さいしょ》のトラップは、ええっと……」と、あたりを見《み》まわす。

そのとき、ギャレットが感圧板《かんあつばん》をふんでしまった！　サボテンのボールがいきなり発射《はっしゃ》され、とげだらけのボールがギャレットの背中《せなか》、腕《うで》、おしりにつきささる。「ぎゃあああああ！」悲鳴《ひめい》をあげるギャレット。

「ああ、そうだ！」スティーブが思《おも》い出《だ》して声《こえ》を上《あ》げた。「このわなは、ビビッていちばんうしろにいるやつに当《あ》たるようにしかけたんだった。おくびょう者《もの》をこらしめるために」

「とってくれ！」ギャレットはわめいて、サボテンのボールをふりはらいながらうしろに下《さ》がった。

ビューーーン！　ギャレットは粘着《ねんちゃく》ピストン式《しき》のわなのなかに入《はい》ってしまった。

ピストンで打《う》ち上《あ》げられたギャレットは、スライムを使《つか》ったいくつものわなのなかにつっこんだ。するとピンボールみたいにぶつかりながら、痛《いた》めつけられてころがった。最後《さいご》には、なにかのレバーの真上《まうえ》に落《お》ちた。すると、スティーブのダイヤモンド倉庫《そうこ》の秘密《ひみつ》のドアが開《ひら》いたのだ！

「おお！　ここだ」とスティーブ。「ありがとうよ、ギャレット！」

ギャレットはうめきながら、弱々《よわよわ》しく親指《おやゆび》を立《た》てた。

隠《かく》し部屋《べや》のなかには、きらきらかがやく高価《こうか》な宝石《ほうせき》やダイヤモンドの山《やま》があった。ヘンリーが言《い》った。「ところでさ、ぼくたちここでなにしてるの？なかを通《とお》るのは、できるだけ早《はや》く森《もり》の洋館《ようかん》に着《つ》くためだったよね」

「ちょっと寄《よ》り道《みち》するだけさ、ハンク」ギャレットは袋《ふくろ》を取《と》り出《だ》すと、大喜《おおよろこ》びで宝石《ほうせき》をつめこみはじめた。「やったぜ！」

「待《ま》ってよ」ヘンリーは、ようやく気《き》がついた。「最初《さいしょ》から、ふたりはグルだったってこと？」

「リーダーはだれか、スティーブにちょっとわからせただけさ」ギャレットは宝石《ほうせき》をできるだけたくさんつめこみながら言《い》った。「ほんとだって。スティーブもわかったはずさ」

スティーブは、怒《いか》りのこもった目《め》でギャレットをにらみつけると、ヘンリーにあやまった。「ごめんよ、ヘンリー」

「初《はじ》めから計画《けいかく》してたことじゃないか、ハンク」ギャレットは言《い》いはった。「なんのために最初《さいしょ》にポータルを通《とお》りぬけてきたか、おぼえてんだろ？」

ヘンリーは耳《みみ》を疑《うたが》った。「もう洋館《ようかん》に着《つ》いてたかもしれないんだよ！　ナタリーとドーンももう、そこにいるかもしれないのに！　危険《きけん》な目《め》にあってるかもしれないんだ！」

スティーブが鼻《はな》をひくひくさせて、空気《くうき》のにおいをかいだ。「まずいぞ。おい、においわないか？　これはネザーウォートだ！」

「どういうこと？」ヘンリーがたずねる。

すると、天井《てんじょう》から砂《すな》ぼこりが落《お》ちてきた。ブウブウと鳴《な》く声《こえ》がする。だれかが部屋《へや》に押《お》し入《い》ろうとしている……。

「なんてこった」スティーブが恐怖《きょうふ》のあまり息《いき》をのんだ。「グレートホッグだ！　マルゴシャがとうとう脳《のう》みそを入《い》れたんだ！　逃《に》げろ！」

ヘンリーがからっぽのトロッコを指《ゆび》さした。3人《にん》はトロッコにかけより、飛《と》び乗《の》った。ギャレットがレバーを押《お》すと、トロッコはいきおいよく走《はし》りだした。ところがトロッコは、まっ暗《くら》な洞窟《どうくつ》に入《はい》ったとたんにスピードがすっかり落《お》ちてしまった。「ヤバい！　風《かぜ》でたいまつも消《き》えた」スティーブがさけんだ。

「ねえ、どうして止《と》まりそうなの？」ヘンリーが心配《しんぱい》そうにたずねる。

「おれたち、重量《じゅうりょう》オーバーなのかもな」スティーブが答《こた》えた。「レッドストーンの力《ちから》で押《お》してもらわんと。さあ、早《はや》くレッドストーンのところまで進《すす》んでくれ」

「あの音《おと》はなんだ？」とギャレット。たいまつにまた火《ひ》をつけると、なんとクリーパーたちに囲《かこ》まれていた。クリーパーは4本足《ほんあし》の小《ちい》さなモンスターで、少《すこ》しでもさわると爆発《ばくはつ》する。

「おれのクリーパー牧場《ぼくじょう》さ」スティーブが説明《せつめい》する。

「こんなものを育《そだ》てるなんて、どこまでマヌケなんだ⁉」ギャレットが食《く》ってかかる。

そのとき、ヘンリーが前方《ぜんぽう》を指《ゆび》さした。「見《み》て！　パワードレールだ！」トロッコがレッドストーンの矢印《やじるし》のあるパワードレールまでたどりつきさえすれば、ふたたび一気《いっき》に加速《かそく》するはずだ。それなのに、トロッコはほとんど動《うご》かない。

しかも、グレートホッグとピグリンたちの声《こえ》や足音《あしおと》がどんどん近《ちか》づいてくる！

「ギャレット」ヘンリーがあわてて言《い》った。「あんたのせいでこうなったんだよ！　おりて押《お》してよ！」

「それならやれる」ギャレットはトロッコからおりながら言《い》った。「毎日足《まいにちあし》をきたえてるからな。ぶ厚《あつ》い太《ふと》ももは命《いのち》を救《すく》うんだ」ギャレットはトロッコのうしろに回《まわ》って押《お》しはじめた。

「もしクリーパーが1体爆発《たいばくはつ》したら、みんな爆発《ばくはつ》するの？」ヘンリーがたずねた。

「そりゃ、そうだ」スティーブが即答《そくとう》する。「全員《ぜんいん》が巻《ま》きこまれるぞ。もっと押《お》せ、ギャレット！　ヘンリー、クリーパーのやつらをひっぱたけ！」

ヘンリーは手《て》をのばし、トロッコがクリーパーのそばを通《とお》るたびにひっぱたいた。スティーブもクリーパーを反応《はんのう》させようとひっぱたく。すると、クリーパーたちがふるえて光《ひか》りだした。

ついにグレートホッグが洞窟《どうくつ》に突進《とっしん》してきた。

「タイミングがうまく合《あ》えばいいけど」とヘンリー。

「おれもそう願《ねが》うよ、相棒《あいぼう》」スティーブがうなずいた。クリーパーがいっせいに爆発《ばくはつ》する前《まえ》に、ここを脱出《だっしゅつ》しないとまずい！　そのためにはギャレットがトロッコをパワードレールまで押《お》してスピードを上《あ》げる必要《ひつよう》がある。

ギャレットは必死《ひっし》で押《お》した。もう少《すこ》しでパワードレールに届《とど》きそうだ。

「乗《の》って！　早《はや》く乗《の》って！」ヘンリーがせきたてた。

ギャレットが飛《と》び乗《の》ったとき、トロッコがちょうど矢印《やじるし》の上《うえ》に来《き》て、クリーパー牧場《ぼくじょう》から急発進《きゅうはっしん》した。残《のこ》されたピグリンたちは、反応《はんのう》しているクリーパーに囲《かこ》まれて不安《ふあん》そうだ。

すぐにトロッコは、鉱山《こうざん》から明《あか》るい太陽《たいよう》の光《ひかり》のなかに飛《と》び出《だ》した。その瞬間《しゅんかん》……。

ドッカーン！

山全体《やまぜんたい》が爆発《ばくはつ》した。トロッコは５００メートルぐらい前《まえ》に飛《と》ばされ、爆風《ばくふう》で３人《にん》の顔《かお》の皮《ひ》ふもぶるぶるとゆれた。

第《だい》20章《しょう》

トロッコがゆっくりと止《と》まった。３人《にん》は少《すこ》しふらつきながらトロッコをおりた。

「おまえのおかげだよな、ギャレット」スティーブは皮肉《ひにく》っぽく言《い》った。「おまえのちょっとした寄《よ》り道《みち》のせいで死《し》にかけたぜ！」

「大《おお》げさだな」ギャレットは肩《かた》をすくめる。「生《い》きてんじゃないか」

ヘンリーは腹《はら》を立《た》ててギャレットを押《お》した。「ダイヤなんかいらなかったのに！　ぼくたち死《し》にかけたんだよ。こんなに自分勝手《じぶんかって》なやつ、初《はじ》めて見《み》たよ」ぷりぷりして言《い》う。

「なんとでも言《い》え。おれにはダイヤが必要《ひつよう》なんだ」ギャレットは低《ひく》い声《こえ》で言《い》った。だが、いらだちでだんだんと声《こえ》が大《おお》きくなっていく。「金《かね》を手《て》に入《い》れるにはダイヤが必要《ひつよう》なんだよ。おれは破産《はさん》したんだぞ！　それがどういうことか、おまえにわかるか！」

「なんの話《はなし》？」とヘンリー。

ギャレットはすべてを打《う》ち明《あ》けようと決心《けっしん》した。「おれの人生《じんせい》はサイテーってことさ。おれは負《ま》け犬《いぬ》だ、わかったか？　やれやれ。言《い》っちまった」ギャレットは深《ふか》く息《いき》を吸《す》うと、ふーっとはいた。「おれは頭《あたま》がキレるし、おもしろいし、2カ国語《こくご》をしゃべれるし、ありえないほど謙虚《けんきょ》……。そんなふうに見《み》えるだろ？　でも、現実《げんじつ》はダメダメだ。おれは終《お》わってんのさ、ハンク。なにもかも失《うしな》いそうなんだ。それに、もっとつらいことがある。おれは、ひとりぼっちなんだよ」

「ギャレットはひとりぼっちなんかじゃなかったよ」ヘンリーが傷《きず》ついたように言《い》った。「ぼくっていう友《とも》だちがいたじゃないか」そう言《い》うと、ヘンリーはすたすたと歩《ある》いていってしまった。
ギャレットはぼうぜんとして、その場《ば》に立《た》ちつくした。
「破産《はさん》したとは大変《たいへん》だな」しばらくだまっていたスティーブが言《い》った。
「うるさい、スティーブ」ギャレットはうめくように言《い》った。

デニスは先頭《せんとう》に立《た》ち、森《もり》をぬけて平原《へいげん》に出《で》た。ナタリーはオーバーワールドのこの平原《へいげん》に心《こころ》を打《う》たれた。こんなにきれいな景色《けしき》は見《み》たことがない。遠《とお》くにキノコがはえている。「巨大《きょだい》な赤《あか》キノコだ」ナタリーはびっくりした。「ってことは、スティーブは頭《あたま》がおかしくなんかなかったんだ。少《すく》なくとも、この件《けん》に関《かん》してはね。ねえ、ここがだんだん好《す》きになってきちゃった」

「ええ、本当《ほんとう》にすてき。あの大《おお》きなキノコを時間貸《じかんが》しのツリーハウスにできるね」ドーンはそう言《い》いながらデニスのあとを追《お》い、赤《あか》いキノコが並《なら》ぶ小道《こみち》へ向《む》かった。その道《みち》は森《もり》の洋館《ようかん》に続《つづ》いていた。

そのころ、スティーブ、ヘンリー、ギャレットは、爆発《ばくはつ》したレッドストーン山《やま》から森《もり》の洋館《ようかん》にたどりつき、洋館《ようかん》の前《まえ》で様子《ようす》をうかがっていた。「着《つ》いたぞ」スティーブが言《い》った。「森《もり》の洋館《ようかん》だ。いまからなかに入《はい》って、クリスタルボックスを手《て》に入《い》れよう。そうすりゃ、おまえたちを家《いえ》に帰《かえ》してやれる！」そう言《い》うと、ヘンリーとギャレットにその大《おお》きな建物《たてもの》の内部《ないぶ》について説明《せつめい》した。まずは、木《き》のブロックと木《き》のかけらで洋館《ようかん》のかんたんな模型《もけい》をつくってみせた。「いいか、スティーブ父《とう》さんの話《はなし》をよーく聞《き》くんだぞ。まず、建物《たてもの》は３階建《かいだ》てだ。1階《かい》にはヴィンディケーターがいっぱいいる」

ヘンリーとギャレットの表情《ひょうじょう》から、ふたりがヴィンディケーターについてまったく知《し》らないとわかった。

「かんたんに言《い》えば、斧《おの》を持《も》った殺人鬼《さつじんき》だな」スティーブは棒《ぼう》でつくった小《ちい》さな人形《にんぎょう》を動《うご》かしながら言《い》った。

「こいつらは、それぞれちがう生《い》き物《もの》なのか？」ギャレットが人形《にんぎょう》を手《て》にとってたずねた。「みんな同《おな》じに見《み》えるけどな」

スティーブはさっと人形《にんぎょう》をとり返《かえ》した。「だまって聞《き》け、ギャレット！ 2階《かい》にはエヴォーカーがうじゃうじゃいるんだ。強力《きょうりょく》な闇《やみ》の魔法《まほう》をあやつる連《れん》中《ちゅう》だ」スティーブは別《べつ》の人形《にんぎょう》を手《て》にとると、宙《ちゅう》をただようように動《うご》かした。

「はいはい」ギャレットがしびれを切《き》らして言《い》った。「で、最上階《さいじょうかい》にいるのは魔法使《まほうつか》いだろ。ビデオゲームの基本《きほん》だぜ」

「だよね。ギャレットは、なんでも知《し》ってるもんね」ヘンリーがいらだった顔《かお》で言《い》った。

「おまえ、いつまで怒《おこ》ってんだよ⁉」

「さっき怒《おこ》ったばっかだろ！」ヘンリーが強《つよ》く言《い》い返《かえ》した。

「なあ、怒《おこ》られんの好《す》きじゃないんだよ」ギャレットが言《い》う。

「なら、ぼくたちを殺《ころ》しかける前《まえ》に、そう思《おも》うべきだったんじゃないの？」とヘンリー。

「悪《わる》かったよ、ハンク。いや、マジで」ギャレットはあやまった。

だが、ヘンリーはギャレットをにらみつけた。「ぼくの名前《なまえ》はハンクじゃない」

「あやまらなきゃなんないことが、もう1つあるんだ」ギャレットはぜんぶ打《う》ち明《あ》けてしまいたくなった。「自分《じぶん》が心底《しんそこ》いやになったよ。これ以上怒《いじょうおこ》らないって約束《やくそく》してくれ」

「そんなのわかんないよ」とヘンリー。

「まったくひどい話《はなし》さ。おまえがいろいろつくってるすきに、おれ、オーブをぬすんだんだ」ギャレットはポケットからオーブを取《と》り出《だ》し、ヘンリーの前《まえ》にさし出《だ》した。「ほら、返《かえ》すよ。だから、けんかはやめようぜ……ヘンリー？」

ヘンリーは信《しん》じられないという表情《ひょうじょう》でオーブを見《み》つめた。「あんたって、ほんとにサイテーサイアクだな……」

「ヘンリー、こいつをしめあげるのは、あとにしようぜ。いいか？」スティーブが話《はなし》をもどそうと口《くち》をはさんだ。そして、間《ま》に合《あ》わせでつくった自分《じぶん》の模型《もけい》にふたりの注意《ちゅうい》を向《む》けさせようとする。「ほら、ふたりともおれの実演《じつえん》を見《み》ろよ。3階《かい》にアイテム部屋《べや》がある。クリスタルボックスがあるのはそこだ」

「オーブをはめこむ箱《はこ》みたいなやつか？」ギャレットが確認《かくにん》した。

「そうだ。〝オーブをはめこむ箱《はこ》みたいなやつ〟だ。ただし、エンダーマンが守《まも》ってるからな。なにがあっても、あいつらと目《め》を合《あ》わせるんじゃないぞ」

「ぼくが2階《かい》までの階段《かいだん》をつくるよ。窓《まど》からしのびこんで3階《かい》に上《あ》がって、クリスタルボックスをとってくる」ヘンリーが言《い》った。

ギャレットがすっかり感心《かんしん》して、ゆっくりとうなずいた。「いい考《かんが》えだな、ハンク」

「だが成功《せいこう》させるには、うまく敵《てき》の注意《ちゅうい》を引《ひ》きつけないとな」スティーブが指摘《してき》した。

するとギャレットが提案《ていあん》した。「こいつらにはなにが効果《こうか》ばつぐんか、教《おし》えてやろうか？　ばかばかしいと思《おも》うだろうが、盛大《せいだい》なフレンドシップ・ジャンボリー、つまり、友情大会《ゆうじょうたいかい》さ」

スティーブの目《め》がぱっとかがやいた。「〝盛大《せいだい》なフレンドシップ・ジャンボリー〟って言《い》ったか？」

「聞《き》こえただろ？」とギャレット。

「だれかがそう言《い》ってくれるのをどんなに待《ま》ってたか……」スティーブは目《め》を

かがやかせてにやにやした。ギャレットもつられて笑《わら》った。スティーブの意外《いがい》な反応《はんのう》がうれしかったのだ。

さあ、盛大《せいだい》なフレンドシップ・ジャンボリーの始《はじ》まりだ！

第《だい》21章《しょう》

キーーーッ……。

洋館《ようかん》の玄関《げんかん》のドアがゆっくりと開《ひら》いた。スティーブとギャレットは小《ちい》さな帽子《ぼうし》をかぶり、制服《せいふく》を着《き》て、歌《うた》のかたちで電報《でんぽう》を届《とど》ける配達員《はいたついん》に変装《へんそう》していた。ふたりで前後左右《ぜんごさゆう》にステップをふんで踊《おど》る。

「ヘイ、ヘイ、ヘイ！」ギャレットがとびきり明《あか》るい声《こえ》で言《い》った。「だれかサクソフォンの演奏《えんそう》っていう誕生日《たんじょうび》パーティーを注文《ちゅうもん》したか？」

スティーブがサクソフォンをかかげながら、調子《ちょうし》を合《あ》わせて加《くわ》わった。「もちろんさ！　この家《いえ》に、誕生日《たんじょうび》をむかえるバースデー・ボーイがいるって聞《き》いたぜ！　みんな、どの子《こ》がレジーだい？　レジーがいるなら、そこに立《た》ってこわい顔《かお》でおれたちをにらんでみて」

ドアの向《む》こうでは、ヴィンディケーターの一団《いちだん》が太《ふと》くてこいまゆの下《した》からこちらをじっと見《み》て、鉄《てつ》の斧《おの》をかまえている。その肌《はだ》は灰色《はいいろ》で、残酷《ざんこく》そうな顔《かお》をしている。

ギャレットとスティーブは陽気《ようき》なバースデーラップを歌《うた》いだし、ヴィンディケーターたちの注意《ちゅうい》を引《ひ》きつけた。その間《あいだ》にヘンリーは階段《かいだん》をつくって2階《かい》まで上《あ》がり、窓《まど》からそっとすべりこんだ。廊下《ろうか》のつきあたりに3階《かい》に続《つづ》く階段《かいだん》があるのが見《み》えた。

ところが、スティーブが警告《けいこく》していた闇《やみ》の魔法使《まほうつか》い、エヴォーカーが廊下《ろうか》をうろつきながら部屋《へや》を出《で》たり入《はい》ったりしていた。灰色《はいいろ》の肌《はだ》に太《ふと》いまゆと、ヴィンディケーターにそっくりだが、金《きん》の縁《ふち》どりのある黒《くろ》くて長《なが》いローブを着《き》ている。「タイミングをうまくつかまなきゃ」ヘンリーはつぶやいた。

すると、エヴォーカーがみんないっせいに部屋《へや》に入《はい》り、廊下《ろうか》ががらっぽになった。ヘンリーはすかさず走《はし》りだし、エヴォーカーがまたあらわれる前《まえ》に階段《かいだん》にたどりついた。

いっぽう、玄関《げんかん》で歌《うた》っていたギャレットとスティーブは、即興《そっきょう》のバースデーラップがネタ切《き》れになってきていた。「友情《ゆうじょう》ってやつは、バースデーケーキのロウソクをふき消《け》すときに願《ねが》うものさ〜〜」ギャレットはスティーブのほうを見《み》て、こっそり早口《はやくち》で言《い》った。「いっそのこと、こいつらに殺《ころ》されるほうがましだよ。そしたら、このラップをやめられるからな」

「早《はや》く流《なが》れを変《か》えないとヤバい！　あいつら楽《たの》しくなさそうだぞ」スティーブも同意《どうい》した。

ヴィンディケーターたちは、ゆっくりと斧《おの》をふり上《あ》げだした。

スティーブは新《あら》たに『クレージートレイン』という曲《きょく》をサクソフォンで吹《ふ》き

はじめた。それからサクソフォンを口《くち》からはなすと、こう呼《よ》びかけた。「みんな乗《の》って！　キップはあるか！　さあ、列車《れっしゃ》の旅《たび》に出発《しゅっぱつ》だ！」

スティーブは力《ちから》をふりしぼって『クレージートレイン』を歌《うた》った。ヘンリーが役目《やくめ》を終《お》えるまで、ヴィンディケーターの注意《ちゅうい》を引《ひ》きつけておかなければ。ギャレットも加《くわ》わり、スティーブの手拍子《てびょうし》やサクソフォンに合《あ》わせて歌《うた》ったり踊《おど》ったりしはじめた。ふたりでのパフォーマンスは、なかなかのものだった！だが、ヴィンディケーターたちは聞《き》きあきてしまった。そもそも、さほど音楽好《おんがくず》きではなかったのだ。ヴィンディケーターがスティーブとギャレットにじわじわと近《ちか》づいてきた……。

3階《かい》では、ヘンリーがアイテム部屋《べや》にしのびよっていた。すると、背後《はいご》で床板《ゆかいた》のきしむ音《おと》がした。ふり返《かえ》ると、なんとエヴォーカーが両手《りょうて》を動《うご》かし、呪文《じゅもん》をとなえている。いきなり、鉄《てつ》の剣《けん》を持《も》った悪者《わるもの》、ヴェックスの一団《いちだん》がヘンリーに向《む》かって飛《と》んできた！

「そりゃあ、剣《けん》ぐらい持《も》ってるよな」ヘンリーはつぶやき、前方《ぜんぽう》に向《む》かって走《はし》った。

かん高《だか》い声《こえ》をあげるヴェックスたちに追《お》われながら、アイテム部屋《べや》のドアに向《む》かって突進《とっしん》する。すんでのところで部屋《へや》に飛《と》びこみ、あわててドアを閉《し》めた。

バタン！

ふりむいて部屋《へや》のなかを見《み》たとたん、ヘンリーは言《い》った。「うっそだろ」

チェストだ。ものすごい数《かず》のチェストがある。しかも部屋《へや》の奥《おく》まで高《たか》く積《つ》み上《あ》げられている。こんなにたくさんのチェストのなかから探《さが》しださなきゃならないなんて。

下《した》の階《かい》ではギャレットとスティーブがヴィンディケーターにつかまり、無理《むり》やり〝残酷《ざんこく》ファイトクラブ〟のリングに連《つ》れてこられていた。スティーブはボクシングのリングのコーナーにしばりつけられたが、ギャレットはしばられずに、敵《てき》と向《む》き合《あ》わされた……。

……そう、相手《あいて》はニワトリだった。

ヴィンディケーターたちはリングをとりかこみ、応援《おうえん》したりわめいたりしている。

「スティーブ?」ギャレットがすっかり困惑《こんわく》してたずねた。「どうなってんだ?あいつら、おれをこのニワトリと戦《たたか》わせたいのか?」

「ああ、ここはヴィンディケーターのファイトクラブらしい。うわさには聞《き》いてたが、見《み》るのは初《はじ》めてだ」そう言《い》うと、スティーブは広《ひろ》い室内《しつない》を見《み》まわした。「それにしてもうまくつくってあるな。照明《しょうめい》もいいし、ボクシングのリングもがんじょうそうだ」

ギャレットは肩《かた》をすくめて、こぶしをかまえた。「あいつが勝《か》つか、おれが勝《か》つかだ。じゃあ……」

そのとき天井《てんじょう》から箱《はこ》がおりてきた。その箱《はこ》の底《そこ》が開《ひら》くと、ベビーゾンビが落《お》ちてきてニワトリの上《うえ》に着地《ちゃくち》した。まるで兵士《へいし》が馬《うま》に乗《の》るように。

「な、なんだ……」ギャレットはさらに困惑《こんわく》して、言《い》った。「こりゃまるで……」

「……チキン・ジョッキーだ」とスティーブ。

シュー―ーッ！　ヘビのような音《おと》を出《だ》しながらベビーゾンビが突進《とっしん》し、ギャレットをリングのコーナーにたたきつけた。大《おお》きな歯《は》が音《おと》を立《た》てながらギャレットにかみつこうとする。カチッ！　カチッ！　カチッ！

「おい、おい、おい！」ギャレットは抗議《こうぎ》した。「かみつくのは反則《はんそく》だぞ！」

「これはデスマッチだ！　ルールはなし！」スティーブがさけぶ。

ギャレットが歯《は》をカチカチさせているベビーゾンビを腕《うで》で押《お》しのけると、今《こん》度《ど》はニワトリが足《あし》にかみついてきた。「実況《じっきょう》なんかしてないで助《たす》けろ！」ギャレットはスティーブに向《む》かってわめいた。ベビーゾンビがロープをぐって腕《うで》をふりかぶり、はげしくなぐりかかってくる。

アイテム部屋《べや》では、ヘンリーがチェストをつぎつぎに開《あ》けて、クリスタルボックスを探《さが》していた。「出《で》てこい、出《で》てこいよ」不安《ふあん》そうにつぶやく。さらに別《べつ》のチェストを開《あ》けると、そこに紫色《むらさきいろ》に光《ひか》るダイヤモンドの斧《おの》があった。なにかの役《やく》に立《た》ちそうなので、ヘンリーはとっておくことにした。すると部屋《へや》の反《はん》対側《たいがわ》に、内側《うちがわ》から青《あお》い光《ひかり》を放《はな》っている箱《はこ》があるのに気《き》づいた。ヘンリーが急《いそ》いで近《ちか》づこうとしたとき、背《せ》の高《たか》いやせた人《ひと》かげが目《め》を光《ひか》らせながら、ヘンリーの背後《はいご》で部屋《へや》をさっと横切《よこぎ》った。

エンダーマンだ。

階下《かいか》では、ベビーゾンビがギャレットの頭《あたま》をたたきのめしていた。ギャレットはなんとかベビーゾンビからのがれて、スティーブに言《い》った。「このこと、だれにも言《い》わないでくれよ！」そしてベビーゾンビの顔《かお》を思《おも》いきりけった。ドスッ！

ベビーゾンビは空中《くうちゅう》に飛《と》んでいき、しりもちをついて悲《かな》しそうに泣《な》きだした。

「ほらほら、悪《わる》かった。泣《な》くなって……」ギャレットはベビーゾンビがかわいそうになって、なぐさめようと近《ちか》づく。だがそのとたん、ベビーゾンビは泣《な》きやみ、ギャレットの手《て》をかじると、そのままギャレットをあおむけにひっくり返《かえ》した。ドシーン！　ヴィンディケーターたちが歓声《かんせい》をあげた！

「がんばってくれ！　おまえならできる！」スティーブはギャレットを応援《おうえん》しながら、自分《じぶん》をしばっているロープを必死《ひっし》でほどこうとする。

3階《かい》では、ヘンリーが青《あお》い光《ひかり》を放《はな》つ箱《はこ》を開《あ》けていた。そこに見《み》つけたのは……クリスタルボックスだ！　ヘンリーは、手《て》にとった美《うつく》しいクリスタルをじっと見《み》てから、バッグのなかにしまった。

ふと顔《かお》を上《あ》げると、窓《まど》に黒《くろ》い人《ひと》かげがうつっていた。あわててふりむくと、その姿《すがた》が消《き》えた。紫色《むらさきいろ》のピクセルだけが空中《くうちゅう》にただよっている。

ポフッ！　テレポートしたエンダーマンが、ヘンリーの目《め》の前《まえ》にあらわれた！

エンダーマンはまっ黒《くろ》で背《せ》が高《たか》く、四角《しかく》い頭《あたま》で、2本《ほん》の長《なが》い手足《てあし》を持《も》ち、目《め》が2つとも紫色《むらさきいろ》に光《ひか》っている。ヘンリーはその目《め》を見《み》つめずにはいられなかった。エンダーマンがゆっくりと四角《しかく》い口《くち》を開《ひら》くと……。

……金切《かなき》り声《ごえ》でさけんだ！

ヘンリーはこめかみを押《お》さえた。ヘンリーの目《め》が紫色《むらさきいろ》に光《ひか》った。心《こころ》をかき乱《みだ》すような映像《えいぞう》が頭《あたま》のなかいっぱいに広《ひろ》がっていく。

ギャレットがヘンリーのスケッチブックに目《め》を通《とお》し、絵《え》を見《み》てゲラゲラ笑《わら》っている。「こんなのゴミじゃねえか！」とばかにする。

「ここはおまえのいるところじゃない、ヘンリー」スティーブが意地悪《いじわる》そうに顔《かお》をゆがめて言《い》った。「おまえがいるところなんてどこにもないさ！」

「ぜんぶあんたのせいよ」ナタリーがスティーブと同《おな》じくらいきつい顔《かお》で言《い》った。「わたしたち、もう二度《にど》と会《あ》えないよ！」

子《こ》どものころの家《いえ》で、ヘンリーのママがとがめるような口調《くちょう》で話《はな》している。

「ナタリーが危《あぶ》ないわ。あなたが仲間《なかま》とこの世界全体《せかいぜんたい》を危険《きけん》な目《め》にあわせてるのよ。どうして？」ママはヘンリーのアイデアがかかれたスケッチブックを持《も》ち上《あ》げた。「自分《じぶん》は特別《とくべつ》だとでも思《おも》ったの？　そのちっぽけな頭《あたま》で考《かんが》えたことに、みんなが関心《かんしん》を持《も》ってくれるとでも思《おも》ったの？」ママはスケッチブックを暖炉《だんろ》のなかにほうりこんだ。暖炉《だんろ》のまきが赤々《あかあか》と燃《も》えている。

「いいかげん、大人《おとな》になりなさい、ヘンリー」ママは言《い》った。

第《だい》22章《しょう》

ヘンリーはエンダーマンの悪夢《あくむ》からハッと目《め》をさました。目《め》から紫色《むらさきいろ》の光《ひかり》が消《き》えていく。頭《あたま》をふって、自分《じぶん》がどこにいるのか確《たし》かめようとする。ようやく現実《げんじつ》が見《み》えてきた。

エンダーマンがまだ目《め》の前《まえ》に立《た》っていた。その目《め》から紫色《むらさきいろ》の光《ひかり》が放《はな》たれている。ヘンリーは身《み》を低《ひく》くかがめると、エンチャントされたダイヤモンドの斧《おの》をふるった。エンダーマンの足《あし》に、ひざに、胴体《どうたい》に。最後《さいご》にエンダーマンがかがんだところを、その四角《しかく》い頭《あたま》に斧《おの》をふりおろした。ボワッ！　エンダーマンが消《き》え、かわりにエンダーパールが落《お》ちた。ヘンリーはそれをすくいあげると、斧《おの》で床《ゆか》をたたきわった。バキッ！　ヘンリーはそこから下《した》の階《かい》へ落《お》ちていった。

そのころリングでは、ベビーゾンビがコーナーポストによじのぼっていた。そこからギャレットの上《うえ》に飛《と》びかかり、とどめをさすつもりなのだ。ヴィンディケーターたちが熱狂《ねっきょう》していく。

「やめろ……」ギャレットは片手《かたて》を上《あ》げて頼《たの》んだ。「やめてくれ……」

ベビーゾンビがコーナーポストから飛《と》び上《あ》がった瞬間《しゅんかん》、ギャレットは覚悟《かくご》して身《み》がまえた。ところが、そこに突然《とつぜん》スティーブがあらわれ、空中《くうちゅう》でゾンビをけり飛《と》ばした！　ヴィンディケーターたちはあぜんとしている。スティーブはギャレットを助《たす》けおこした。

「助《たす》けてくれたのか……」ギャレットは信《しん》じられない様子《ようす》で言《い》った。

「それが友《とも》だちってもんだろ、ギャレット」とスティーブ。ふたりはおたがいのおでこを押《お》しつけ合《あ》った。「いつだって、どこだって、どんなときだって、あんたの力《ちから》になるよ」ギャレットは誓《ちか》った。

ニワトリがジャンプして攻撃《こうげき》をしかけてきたが、スティーブはニワトリの首《くび》をつかんで窓《まど》の外《そと》にほうり投《な》げた。そこへベビーゾンビが仕返《しかえ》ししようと、もどってきた。

「やるか」スティーブがギャレットに言《い》った。ふたりは力《ちから》を合《あ》わせ、タッグチームのプロレス技《わざ》を使《つか》ってベビーゾンビをこてんぱんにやっつけた。勝利《しょうり》を祝《いわ》って、ふたりはまるでダンスみたいなはでな握手《あくしゅ》をした。グータッチをし、ひじを合《あ》わせ、指《ゆび》をひらひらさせ、腰《こし》をふったのだ。

ギャレットはロープに飛《と》び乗《の》ると、大声《おおごえ》でどなった。「こんなのプロレスじゃない！　おまえらみんな、イカれてるぜ！」

「ヘンリーはどこだ？」スティーブがたずねた。そのとき……。

バキッ！　ダイヤモンドの斧《おの》で天井《てんじょう》をつきやぶり、ヘンリーがリングの上《うえ》に落《お》ちてきた。そして立《た》ち上《あ》がると、とまどったようにあたりを見《み》まわした。

「ハンク！」ギャレットがうれしそうに声《こえ》をあげた。

「クリスタルボックスを手《て》に入《い》れたのか？」スティーブがいきおいこんでたずねる。

ヘンリーはバッグを高《たか》くかかげた。「うん。手《て》に入《い》れたよ」

「でかしたぞ、ヘンリー！」スティーブはヘンリーの背中《せなか》をたたいた。「じゃあ、ナタリーとドーンを探《さが》しにいこう！」

3人《にん》は走《はし》って部屋《へや》から出《で》た。あとには、なにがあったのかわからず、ぼうぜんとするヴィンディケーターの一団《いちだん》が残《のこ》された。ヘンリー、スティーブ、ギャレットは、森《もり》の洋館《ようかん》の玄関《げんかん》ドアから外《そと》へ飛《と》び出《だ》した。洋館《ようかん》のまわりの深《ふか》い谷《たに》にかかる巨大《きょだい》な橋《はし》を走《はし》ってわたっていく。

ところが橋《はし》の途中《とちゅう》で、下方《かほう》の霧《きり》のなかからなにかが浮《う》かび上《あ》がってきた……。

ガストだ！　ピグリンが操縦《そうじゅう》するバスケット型《がた》のゴンドラを運《はこ》んでいる。ミッドポート村《むら》のはずれの谷《たに》で、スティーブ、ギャレット、ヘンリーをおそってきたガスト軍団《ぐんだん》とそっくりだ。ガストたちが橋《はし》の両側《りょうがわ》に上《あ》がってきて、３人《にん》をとりかこんだ！

下《した》のほうを見《み》ると、いちばんりっぱなガストのゴンドラに、なんとグレートホッグが乗《の》っている。鉱山《こうざん》でのクリーパーの爆発《ばくはつ》をなんとか生《い》きのびたのだ。さらに、マルゴシャも乗《の》っていた。

「うわ、ヤバい」スティーブがうめき声《ごえ》をあげた。「マルゴシャだ」

魔女《まじょ》のマルゴシャが杖《つえ》をかかげると、ヘンリーのバッグからオーブが吸《す》い出《だ》された。そしておそろしいことに、オーブはまっすぐ杖《つえ》の頭《あたま》の先《さき》に向《む》かって飛《と》んでいったのだ。マルゴシャは意地悪《いじわる》く勝《か》ちほこった顔《かお》で、クワッ、クワッと笑《わら》った。

「しまった！」ヘンリーがさけぶ。

「そいつらを殺《ころ》せ！」マルゴシャが命《めい》じた。「あたしにはやることがあるんだ」

マルゴシャは手下《てした》たちに残酷《ざんこく》な後始末《あとしまつ》をまかせると、飛《と》び去《さ》っていった。

カラフルなピグリンが何十体《なんじゅったい》も、キノコ爆弾《ばくだん》をかかえて橋《はし》に飛《と》びうつってきた。

「シーカー・ピグリンだ！」スティーブは息《いき》をのんだ。「この橋《はし》をふっとばす気《き》だぞ！」

ギャレットが声《こえ》を落《お》とし、ガストをあごで指《さ》しながらスティーブにたずねる。

「あの悪魔《あくま》のマシュマロみたいなのに飛《と》び乗《の》れるか？」

スティーブは、橋《はし》の下《した》4メートルぐらいのところにつるされたガストのゴンドラを見《み》た。バスケットは小《ちい》さいが、人間《にんげん》ふたりくらいなら乗《の》れそうだ。スティーブはうなずいた。

ギャレットはヘンリーのシャツとズボンのおしりの部分《ぶぶん》をつかむと、ガストの下《した》につるされている、からっぽのバスケットのなかにヘンリーをほうりこんだ。スティーブは助走《じょそう》して、そのバスケットのヘンリーの横《よこ》に飛《と》び乗《の》った。「ほら、スライムブロックだ！」スティーブはそう大声《おおごえ》で言《い》うと、やわらかいスライムブロックをギャレットが飛《と》び乗《の》る場所《ばしょ》に投《な》げおとした。

ヘンリーとスティーブはギャレットを見上《みあ》げた。ギャレットはキノコ爆弾《ばくだん》を持《も》ったシーカー・ピグリンに囲《かこ》まれ、じわじわとせまられている。

「行《い》け、ハンク」ギャレットがさけんだ。「ドーンと姉貴《あねき》を助《たす》けて、家《いえ》に帰《かえ》るんだ」

「ギャレット、早《はや》く！」スティーブがせきたてる。「飛《と》びおりろ！」

「ダメだ！　行《い》け！」とギャレット。「おれのことは歌《うた》にして伝《つた》えてくれ。ヘヴィメタで頼《たの》むぜ。生《なま》で演奏《えんそう》してくれよ」

「そんなことしなくていいから！」ヘンリーは泣《な》きつくように言《い》った。「もう許《ゆる》してるよ！　ぼくに言《い》っただろ！　死《し》んじゃったらゲームの世界《せかい》チャンピオンになれないって！」

ギャレットがにっこりほほえんだ。これまででいちばん本物《ほんもの》の笑顔《えがお》だった。

「もうトロフィーは手《て》に入《い》れてるぜ、ハンク」

シーカー・ピグリンがいっせいにギャレットにおそいかかった。ギャレットが戦《たたか》っているなか、ガストが橋《はし》から飛《と》び去《さ》っていった。

「いやだー‼」ヘンリーがさけぶ。

ドカーーーン！

そのとき、シーカー・ピグリンのキノコ爆弾《ばくだん》が爆発《ばくはつ》した！　橋《はし》はふき飛《と》んでしまった。たくさんのポークチョップが雨《あめ》のように谷《たに》にふりそそぐ。

ガストにつられたゴンドラで飛《と》び去《さ》りながら、ヘンリーとスティーブは失《うしな》った友《とも》のことを思《おも》い、悲《かな》しみに沈《しず》んでいた。だが、しばらくするとスティーブが言《い》った。「ヘンリー、つらいよな、わかるよ。だけど、大事《だいじ》な話《はなし》があるんだ。こいつをどうやって着地《ちゃくち》させたらいいかわからないんだよ」

バゴン！

ふたりは木《き》にげきとつし、すべてがまっ暗《くら》になった。

ヘンリーは目《め》を開《あ》けた。目《め》の前《まえ》に見《み》えるのは……ナタリーだ！　ナタリーはにっこりして、ヘンリーをぎゅっと抱《だ》きしめた。

ドーンもいた。ドーンはスティーブとデニスを再会《さいかい》させていた。ふたりはひしと抱《だ》き合《あ》い、おたがいをなでたり、なめたりしている。

「デニス！」スティーブがうれしそうに声《こえ》をあげる。「ああ、会《あ》いたかったぞ！」

「デニスって、犬《いぬ》だったの？」ヘンリーがたずねた。

デニスがうなった。「ガルルル……」

「いや、オオカミさ」スティーブがヘンリーのまちがいを正《ただ》してから、デニスに向《む》きなおった。「おまえを失《うしな》ったんじゃないかって、めちゃめちゃ心配《しんぱい》してたんだ。なにがあったんだ？　どこにいたんだ？」

デニスはほえたり、遠《とお》ぼえしたり、うなったり、クンクン鳴《な》いたりしながら、長《なが》い説明《せつめい》を続《つづ》けた。

スティーブはやさしくほほえむと言《い》った。「おまえはオーバーワールド全体《ぜんたい》を救《すく》ったんだ、デニス。とんでもなく勇《ゆう》かんなやつだ。だけどいま、もう一度《いちど》救《すく》わなきゃいけないんだ。準備《じゅんび》はいいか？」

「アオーーーン！」デニスは〝もちろん〟という意味《いみ》で、長《なが》い返事《へんじ》をした。

「あんたがどうして不潔《ふけつ》にしててくさかったのか、やっとわかった。いつかデニスが見《み》つけてくれると思《おも》ったのね」ドーンが言《い》った。

「そのとおりさ」スティーブは、ほこらしげにうなずいた。

「ぼく、ナタリーが死《し》んだんじゃないかって、すごくこわかったんだ」ヘンリーが姉《ねえ》さんに言《い》った。

「ここにいるじゃない」ナタリーはヘンリーを安心《あんしん》させた。「もうどこにもいかないよ」

ヘンリーはため息《いき》をついた。「ごめん、ナタリー。すべてぼくのせいだ。ギャレットが死《し》んじゃった。ぼくたちはここから出《で》られないし」

「ほんと、すごく悲《かな》しいよね」ナタリーはそう言《い》うと、ヘンリーを引《ひ》きよせてもう一度《いちど》しっかり抱《だ》きしめた。

「ギャレットは本物《ほんもの》のヒーローとして死《し》んだんだ」スティーブが重々《おもおも》しい声《こえ》で言《い》った。「正直《しょうじき》、ちょっぴりうらやましいぜ」

第《だい》23章《しょう》

「ヘンリー、わたしを見《み》て」ナタリーがやさしく言《い》った。弟《おとうと》は目《め》を上《あ》げ、うちひしがれた表情《ひょうじょう》でナタリーを見《み》た。「自分《じぶん》をせめないで。自分《じぶん》を疑《うたが》ったりしないで。とくに、いまはね。あんたはこの場所《ばしょ》についてはまちがってなんていなかったんだから」

ヘンリーは少《すこ》し気持《きも》ちが軽《かる》くなってうなずいた。そして、あたりを見《み》まわした。どうやら、なにかの建物《たてもの》のなかにいるようだ。「待《ま》って。ここはどこ？」

「ちょっとしたシェルターみたいなものをつくってみたの」ナタリーが少《すこ》しはずかしそうに説明《せつめい》する。

ヘンリーは、建物《たてもの》をもっとよく見《み》ようと外《そと》に走《はし》りだした。そんなヘンリーを、ナタリーは開《ひら》いたままのドアから見守《みまも》った。ナタリーがつくったのは、キノコみたいな形《かたち》のカラフルな塔《とう》だった。ナタリーのクリエイティビティ、つまり創《そう》造力《ぞうりょく》と想像力《そうぞうりょく》がみごとにあらわれている。「ナタリー、すごいじゃない！」ヘンリーは感心《かんしん》して言《い》った。

「まあね」ナタリーはにっこり笑《わら》った。「もちろん、ヘンリーほどじゃないけど。でも、われながらよくできたと思《おも》ってる」

ヘンリーもにっこりした。新《あたら》しいものをつくるたびに感《かん》じるワクワク感《かん》を、ついにナタリーも味《あじ》わっているのだ。ナタリーの笑顔《えがお》を見《み》れば、よくわかる。

でもそのとき、ヘンリーの頭《あたま》のなかにエンダーマンに出《で》くわしたときの悪夢《あくむ》がよみがえった。ヘンリーの目《め》が紫色《むらさきいろ》に変《か》わり、こめかみがズキズキしだした。

「ヘンリー、どうしたの？」ナタリーがそばにかけよった。ヘンリーをささえて、キノコの塔《とう》にもどる。なかに入《はい》ると、ヘンリーは自分《じぶん》が体験《たいけん》したことを説《せつ》明《めい》した。「洋館《ようかん》のなかで、エンダーマンにおそろしい幻覚《げんかく》を見《み》せられたんだ。ママがぼくに、子《こ》どもっぽいことはもうやめなさいって言《い》ってた」

すると、スティーブがヘンリーに言《い》った。「それはお母《かあ》さんじゃないぞ、ヘンリー。エンダーマンはうそつきだ。しかも、こっちがいちばん恐《おそ》れていることを利用《りよう》するのがうまいんだ」

「ママがヘンリーに望《のぞ》んでいたこと、よく知《し》ってるでしょ？」とナタリー。「自分《じぶん》の才能《さいのう》を生《い》かすこと。できれば世界《せかい》をほんの少《すこ》しよくするためにね」

ヘンリーはやっと笑顔《えがお》になった。

ブオーーーン！

突然《とつぜん》、耳《みみ》をつんざくような音《おと》がした。なにが起《お》こったんだ？　全員《ぜんいん》が窓《まど》にかけよって外《そと》を見《み》た。紫色《むらさきいろ》の光線《こうせん》が、ブロック状《じょう》の太陽《たいよう》めがけて発射《はっしゃ》されている！

「いよいよってことか」スティーブがけわしい表情《ひょうじょう》で言《い》った。「大真《だいま》っ暗闇《くらやみ》だな。

マルゴシャが全軍《ぜんぐん》を集《あつ》めてるはずだ。オーバーワールドはひとたまりもないぞ」

「ぼくたちが戦《たたか》わないかぎりはね」ヘンリーが言《い》った。

ナタリーがうなずく。

ドーンがしばらく考《かんが》えてから言《い》った。「あそこにはすごい数《かず》の殺人《さつじん》ブタがいるわよね。でも、援軍《えんぐん》を呼《よ》べるかも」

「そりゃあ、いい！」スティーブがさけんだ。だが、すぐに疑《うたが》わしそうな顔《かお》になった。「でも、どこからだ？」

「まかせてよ」とドーン。

すると、ヘンリーも言《い》った。「ちょっととんでもないものをつくろうと思《おも》ってるんだ。ナタリー、いっしょにやんない？」

「もちろん手伝《てつだ》うよ」とナタリー。ヘンリーはにっこりした。姉《ねえ》さんといっしょになにかをつくるなんて、考《かんが》えただけでもワクワクする。ヘンリーはスティーブのほうを見《み》た。「材料《ざいりょう》がかなりいるんだ」

スティーブがヘンリーにツルハシを投《な》げてよこした。「よし、みんな聞《き》いてくれ！　まず掘《ほ》って（マイン）、つぎにつくる（クラフト）。さあ、マインクラフトを始《はじ》めるぞ！」


地球《ちきゅう》にもどるポータルのそばの草地《くさち》では、空《そら》がまっ暗《くら》になっていた。羊《ひつじ》たちが心配《しんぱい》そうに空《そら》を見上《みあ》げている。いったい、なにが起《お》こっているのだろう？

同《おな》じ暗闇《くらやみ》がミッドポート村《むら》の空《そら》にも広《ひろ》がっていた。村人《むらびと》たちは作業《さぎょう》の手《て》を止《と》め、不安《ふあん》そうに空《そら》を見《み》つめた。

森《もり》のはずれでは、スケルトンやゾンビなど、ふだんは夜《よる》にしか姿《すがた》を見《み》せないモブたちが、不自然《ふしぜん》な暗闇《くらやみ》にさそわれて、姿《すがた》をあらわしだした。

ネザーとオーバーワールドをつなぐ巨大《きょだい》なポータルのそばでは、暗黒石《あんこくせき》のブロックが広《ひろ》がり、草《くさ》や石《いし》を暗《くら》い赤色《あかいろ》に変《か》えていった。そのブロックからネザーウォートのキノコが生《は》えた。すると、武器《ぶき》や防具《ぼうぐ》に身《み》をかためたピグリン部隊《ぶたい》が魔女《まじょ》にせきたてられ、行進《こうしん》しながらポータルから出《で》てきた。

「今日《きょう》こそオーバーワールドをわれらのものにするのだ！」マルゴシャが宣言《せんげん》した。「村《むら》をおそえ！　家《いえ》や左右対称《さゆうたいしょう》の畑《はたけ》を焼《や》きつくせ。やつらがつくったものはぜんぶ……破壊《はかい》してしまえ！」

ピグリンたちはみな、ブウブウ、ウーッ、キーキーと、ぞっとするような歓《かん》声《せい》を上《あ》げた。

マルゴシャは、燃《も》えさかるたいまつをかかげたピグリン部隊《ぶたい》に向《む》きなおり、杖《つえ》で遠《とお》くのミッドポート村《むら》を指《さ》した。「突撃《とつげき》だ！」

第《だい》24章《しょう》

すぐ近《ちか》くの丘《おか》で、ヘンリーが鉄《てつ》ブロックをつぎつぎと積《つ》み上《あ》げている。その上《うえ》にナタリーがカボチャの頭《あたま》をポンポンと置《お》いていく。すると、どれもがアイアンゴーレムになって動《うご》きだした！

ヘンリーは最後《さいご》のゴーレムに紫色《むらさきいろ》の〝俊足《しゅんそく》のブーツ〟をはかせた。高速《こうそく》で移動《いどう》できるスーパーゴーレムのできあがりだ。

「愚《おろ》かものめが！」マルゴシャがふたりのしていることを見《み》て、声《こえ》を上《あ》げて笑《わら》った。「アイアンゴーレムってのは、怒《おこ》らせないかぎり攻撃《こうげき》しないんだ！」

ところがそのとき……。

ポコン。

ピグリンの放《はな》った1本《ぽん》の矢《や》がアイアンゴーレムに当《あ》たり、そのままはね返《かえ》った。そのゴーレムは傷《きず》ひとつついていない。だが、すべてのゴーレムがいっせいに矢《や》を放《はな》ったピグリンのほうを向《む》いた。

マルゴシャはため息《いき》をついた。「じょうだんだろ……」

アイアンゴーレムの一団《いちだん》は丘《おか》をかけおり、ホグリンに乗《の》ったピグリンの騎兵《きへい》隊《たい》につっこんだ。長《なが》い腕《うで》をふりまわし、ピグリン騎兵《きへい》たちをホグリンからたたき落《お》としていく。矢《や》を放《はな》ったピグリンの頭上《ずじょう》にスーパーゴーレムがあらわれ、そのピグリンを思《おも》いきりなぐって空《そら》までふっ飛《と》ばした。すると、何十体《なんじゅったい》ものスケルトン、ゾンビ、スパイダー・ジョッキーが戦《たたか》いに加《くわ》わり、ゴーレムたちにおそいかかった。だが、逆《ぎゃく》にゴーレムにたたきのめされた。

「あのブーツ、ほんとに効果《こうか》あるの?」ナタリーに聞《き》かれたヘンリーは、ブーツを起動《きどう》した。

ビューン！

そのとたん、スーパーゴーレムがものすごいスピードで走《はし》りだした。

「うん、ちゃんと使《つか》えるね」ヘンリーはそう答《こた》えると、スーパーゴーレムのあとについて、ポータルまでの道《みち》を進《すす》んでいった。姉《あね》と弟《おとうと》は力《ちから》を合《あ》わせてピグリンたちと戦《たたか》った。ナタリーは剣《けん》で、ヘンリーは新《あら》たにつくったポテト発射機《はっしゃき》で。

いっぽう、スティーブはマルゴシャの背後《はいご》にしのびよっていた。地面《じめん》にブロックを積《つ》み、その上《うえ》にぴょんと飛《と》び乗《の》った。それから空中《くうちゅう》に飛《と》び出《だ》した。

「奇襲攻撃《きしゅうこうげき》だ！」

マルゴシャはくるりと回転《かいてん》してスティーブと向《む》かい合《あ》った。スティーブはダイヤの防具《ぼうぐ》を身《み》につけ、ダイヤの剣《けん》を持《も》っている。「なんだあ⁉」とマルゴシャ。

スティーブは剣《けん》をかまえて空中《くうちゅう》に飛《と》び上《あ》がったが、マルゴシャの手前《てまえ》でおなかから地面《じめん》に落《お》ちてしまった。マルゴシャはすかさず、杖《つえ》でスティーブを打《う》ちつける。それでもスティーブはすばやく立《た》ち上《あ》がると、マルゴシャにタマゴを何個《なんこ》も投《な》げつけた。

「タマゴ攻撃《こうげき》！」

タマゴは魔女《まじょ》に当《あ》たったとたんヒヨコになった。スティーブは小《ちい》さなブロック壁《かべ》をつくり、それに飛《と》びつくと、大声《おおごえ》でさけんだ。「パルクール攻撃《こうげき》！」スティーブはパルクールというスポーツの動《うご》きを利用《りよう》して、体《からだ》をねじったりひねったりしながら壁《かべ》をこえると、マルゴシャに向《む》かってつっこんだ。ふたりははげしくぶつかり合《あ》い、おたがいに思《おも》いつくかぎりの戦略《せんりゃく》で戦《たたか》った。

戦《たたか》いが続《つづ》くなか、ヘンリーとナタリーはネザーへ通《つう》じる背《せ》の高《たか》いポータルに近《ちか》づいた。建物《たてもの》の何階分《なんかいぶん》もの高《たか》さでそびえたっている。ポータルのてっぺんには支配《しはい》のオーブがあり、紫色《むらさきいろ》の暗黒《あんこく》の光《ひかり》を空《そら》へと放《はな》っていた。背後《はいご》からピグリンの新《あら》たな一団《いちだん》がどんどん近《ちか》づいてくる。

ヘンリーはにやりとしてエンダーパールを取《と》り出《だ》した。森《もり》の洋館《ようかん》の3階《かい》でエンダーマンをたおしたときに手《て》に入《い》れたものだ。ヘンリーはそれを、ポテト発《はっ》射機《しゃき》のなかに弾《たま》のかわりに入《い》れた。

「さあ、やって、ヘンリー。こっちはわたしにまかせて……」ナタリーは剣《けん》をふり上《あ》げながら向《む》きを変《か》え、走《はし》ってくるピグリンの大群《たいぐん》に立《た》ちむかった。

ヘンリーは慎重《しんちょう》にポータルのてっぺんをねらった。

ドカン！

エンダーパールが発射《はっしゃ》され、ポータルのてっぺんまで飛《と》んでいく。

ビユッ！

ヘンリーがエンダーパールの力《ちから》でポータルのてっぺんにテレポートした。暗《くら》闇《やみ》の光線《こうせん》のなか、支配《しはい》のオーブのすぐ横《よこ》だ。ナタリーはせまりくるピグリンたちを前《まえ》に身《み》がまえた。そのとき、聞《き》きおぼえのある声《こえ》がした……。

「おーい、おバカなブタさんたち！　こっちよ！」ドーンの声《こえ》だ。ドーンとデニスが森《もり》から出《で》てきたのだ。ドーンはふり返《かえ》り、はりきっているオオカミに言《い》った。「やっつけて、デニス！」

デニスが突進《とっしん》する。

ドーンが口笛《くちぶえ》を吹《ふ》くと、数十匹《すうじゅっぴき》ものオオカミが森《もり》を走《はし》り出《で》てデニスに合流《ごうりゅう》した。これこそ、ドーンが言《い》っていた援軍《えんぐん》だ。ドーンはどんな動物《どうぶつ》とも親《した》しくなれるので、うまくオオカミを集《あつ》められたのだ。その一群《いちぐん》がナタリーを守《まも》ろうと、ピグリンにおそいかかる。

いっぽう、スーパーゴーレムがポータルに近《ちか》づくのを見《み》て、グレートホッグが戦《たたか》いに参入《さんにゅう》した。アイアンゴーレムめがけてブラスター銃《じゅう》を発射《はっしゃ》する。

ズキューン！

チカチカ光《ひか》るエネルギーの束《たば》は、ピグリン騎兵《きへい》たちの矢《や》よりも効果《こうか》があった。

ゴーレムたちはすっかりダメージを受《う》けた。ところが、スーパーゴーレムだけはものすごい速《はや》さで移動《いどう》し、グレートホッグをサッカーボールのようにけりたおした。

バシッ！

ビシッ！

グレートホッグはけられながらも、ヘンリーがポータルの上《うえ》にいるのに気《き》づいた。そして、ヘンリーに向《む》けて火《ひ》の玉《たま》を撃《う》った。ズドーーーン！

オーブをつかもうとしていたヘンリーは、その瞬間《しゅんかん》に撃《う》ちおとされてしまった！

「ヘンリー！」ナタリーがさけんだ。ナタリーとドーンは恐怖《きょうふ》にかられながらヘンリーを見《み》つめた。マルゴシャと戦《たたか》っていたスティーブも目《め》を上《あ》げ、ヘンリーが落《お》ちていくのを見《み》て青《あお》くなった。

ヘンリーは悲鳴《ひめい》をあげながら、10階分《かいぶん》もの高《たか》さをまっ逆《さか》さまに落《お》ちていった。

「あーーーーーー！」

第《だい》25章《しょう》

突然《とつぜん》、ギャレットがどこからともなく急降下《きゅうこうか》してきた！　ゴンドラに乗《の》って、ガストをうまくあやつっている。そして地面《じめん》に落《お》ちる直前《ちょくぜん》にヘンリーをつかみ、ゴンドラのなかに引《ひ》き上《あ》げた。

「つかまえたぜ、相棒《あいぼう》！」ギャレットが得意《とくい》げに言《い》った。

「ギャレット！」ヘンリーは思《おも》わずさけび、大喜《おおよろこ》びした。「生《い》きてたんだね！」

ギャレットはウインクした。「とっておきのガーベッジ・アドバイスその1、勝者《しょうしゃ》はけっして死《し》なない。それに、おまえが使《つか》った水入《みずい》りバケツのすごい技《わざ》を思《おも》い出《だ》したんだ。落《お》ちても必《かなら》ず受《う》けとめてくれるからな！」ギャレットはナタリーとドーンの上空《じょうくう》でガストをUターンさせると、ポータルへともどっていった。

ドーンとナタリーは感激《かんげき》していた。森《もり》の洋館《ようかん》の橋《はし》から落《お》ちたのに、ギャレットは生《い》きていたのだ。ところが喜《よろこ》んだのもつかのま、さらに多《おお》くのスケルトンとゾンビが森《もり》から出《で》てきた！　せまりくるこの暗闇《くらやみ》を止《と》めなければ！

ゴンドラのなかでギャレットがさけんだ。「ぶちかませ、ハンク！」ヘンリーは槍《やり》でガストを思《おも》いきりつついた。すると、ガストがポータルに向《む》かって火《ひ》の玉《たま》を連射《れんしゃ》した。ドカーン！　ドカーン！　ポータルの塔《とう》がくずれおち、支配《しはい》のオーブが地面《じめん》にころがり落《お》ちる。その瞬間《しゅんかん》、「大真《だいま》っ暗闇《くらやみ》」は終《お》わりをつげた。同時《どうじ》に、夜《よる》が昼《ひる》に変《か》わり、夜《よる》のモブたちはつぎつぎと炎《ほのお》に包《つつ》まれていった！

「クソーッ‼」マルゴシャがさけんだ。

そのときグレートホッグが支配《しはい》のオーブをさっと拾《ひろ》い、ナタリーとドーンを見《み》てにやりとした。だが、マルゴシャにわたそうとしたそのとき、俊足《しゅんそく》のブーツをはいたスーパーゴーレムが猛《もう》スピードでやってきて、グレートホッグをたたきのめした。空中《くうちゅう》に投《な》げだされたオーブは、ナタリーの手《て》のなかにすぽんとおさまった。

「うん。あのブーツはたしかに使《つか》えるわね」ナタリーは言《い》った。

ギャレットはガストを着地《ちゃくち》させた。ナタリーとドーンがかけよって、ギャレットとヘンリーを抱《だ》きしめる。「ギャレット、まさかこんなこと言《い》う日《ひ》が来《く》るとは思《おも》ってなかったけど、あんたが生《い》きててすごくうれしい」ナタリーが言《い》った。

いっぽう、マルゴシャはゾンビ化《か》しはじめ、おそろしいうめき声《ごえ》をあげていた。生《い》き残《のこ》ったピグリンたちがネザーポータルに逃《に》げこもうとしたが、ポータルは永遠《えいえん》に閉《と》じられてしまった。

スティーブはマルゴシャの喉《のど》もとにダイヤの剣《けん》をつきつけて言《い》った。「おまえの負《ま》けだな、魔女《まじょ》さんよ。オーバーワールドは生《い》きつづけるぜ」

「おまえもまっ赤《あか》なうそにだまされてんのさ」マルゴシャはうめくような声《こえ》で苦《くる》しげに言《い》った。「おまえたちはけっして幸《しあわ》せになんかなれない。心《こころ》の底《そこ》ではわかってるはずだ。夢《ゆめ》を見《み》たり、希望《きぼう》を持《も》ったり、なにかをつくったりするのは苦《くる》しいことだとな。そもそも、そんなことをしてたから、あたしの手《て》に落《お》ちたんじゃないか」

「そのとおりさ。モノをつくるのは、こわすよりたしかに大変《たいへん》だ。だから、おくびょう者《もの》は破壊《はかい》の道《みち》を選《えら》ぼうとする。そのほうが楽《らく》だからな」スティーブはそう言《い》うと、マルゴシャが日《ひ》の光《ひかり》でほぼ完全《かんぜん》にゾンビ化《か》されていくのを見《み》た。

「じゃあな、マルゴシャ。おまえといっしょにいた時間《じかん》は、ほんとにサイアクの1分《ぷん》1秒《びょう》だったよ」

「最後《さいご》にひとことだけ」マルゴシャがうめいた。「近《ちか》くに来《き》てくれ……」

スティーブはまゆをひそめて、考《かんが》えた。「まだ小《ちい》さなナイフでも持《も》ってて、おれをさそうってんだろ？」

「いや、いや、まさか。もう、こんなに弱《よわ》ってんだ。ただ、そばに来《き》てほしいだけだ」マルゴシャはぜいぜいと苦《くる》しそうだ。

スティーブは近《ちか》づいていった。すると、マルゴシャが小《ちい》さなナイフを取《と》り出《だ》し、スティーブをさそうとした。だが、あまりにも弱《よわ》っていたので、スティーブにナイフをとりあげられた。

「いいかげんにしろ」スティーブはうんざりして言《い》った。

「なあに、ダメもとさ。それでも、最後《さいご》にこれだけは言《い》いたいんだ。ちょっとかがんでおくれ。秘密《ひみつ》を教《おし》えるから」マルゴシャがしわがれ声《こえ》で言《い》う。

「おことわりだ」スティーブは首《くび》をふった。「もうその手《て》にのるもんか」

「いや、おまえのことなんだよ。信《しん》じておくれ。さあ、こっちへ」マルゴシャがささやく。

スティーブは身《み》をかがめた。するとマルゴシャは、もういっぽうの手《て》にかくし持《も》っていた短剣《たんけん》でスティーブをつきさそうとした。スティーブはあっさりとその短剣《たんけん》をたたき落《お》とした。

「おまえって、ほんと、サイテーだな。あばよ」

「わかった、わかった」マルゴシャはあえいだ。「今度《こんど》こそ終《お》わりだ！　もどってきておくれ。もうナイフは持《も》ってない。隠《かく》すところなんかないだろ？」

スティーブはくるりと背《せ》を向《む》けた。その瞬間《しゅんかん》、ほぼ完全《かんぜん》にゾンビになったマルゴシャは、くるぶしにひもで結《むす》びつけたさやからナイフをぬき、スティーブめがけて投《な》げつけた。だが弱《よわ》りきっていたため、ナイフは50センチ飛《と》んだだけで、カチャンと音《おと》を立《た》てて地面《じめん》に落《お》ちた。

そうしてマルゴシャは、くさくておぞましい最期《さいご》の息《いき》をはいて死《し》んだ。悲《かな》しむ者《もの》はひとりもいなかった。

第《だい》26章《しょう》

ヘンリー、ナタリー、ドーン、ギャレットは、地球《ちきゅう》にもどるポータルの外側《そとがわ》に立《た》っていた。スティーブが、オーブをアース・クリスタルボックスに入《い》れて持《も》っている。これでポータルは開《ひら》くはずだ。ミッドポート村《むら》の人《ひと》たちが、自分《じぶん》たちの世界《せかい》が破壊《はかい》されるのを救《すく》ってくれた英雄《えいゆう》たちを見送《みおく》るために集《あつ》まってきた。製図家《せいずか》が前《まえ》に進《すす》み出《で》ておじぎをし、丸《まる》めた地図《ちず》をナタリーに手《て》わたした。

「ちょっと遅《おそ》かったけどね、でも、ありがとう」ナタリーはそう言《い》って地図《ちず》を受《う》けとった。

「現実《げんじつ》の世界《せかい》か……」スティーブがため息《いき》をついた。「ほんとにもどりたいのか、ヘンリー？　あっちはこんなふうじゃないぞ」スティーブはまわりの美《うつく》しい世《せ》界《かい》、オーバーワールドを手《て》ぶりで指《さ》した。「現実世界《げんじつせかい》には成績《せいせき》とか、決《き》まりとか、制約《せいやく》とかがあるんだ」

「わかってるよ」ヘンリーは肩《かた》をすくめる。「でもとにかく、なにかをつくってみるよ」

スティーブは満面《まんめん》の笑《え》みを浮《う》かべた。「気《き》に入《い》った。おまえはほんと、勇《ゆう》かんだぜ」

ナタリーはこれまで、こんなに弟《おとうと》をほこらしく思《おも》ったことはなかった。思《おも》わず、ヘンリーの髪《かみ》をくしゃくしゃっとなでた。

スティーブはデニスの横《よこ》にひざをついた。デニスはやさしくほえたり、鳴《な》いたりして話《はな》しかけてくる。

「もちろん、おまえが大好《だいす》きだよ」スティーブは答《こた》えた。「だからこそ、こうするのがいいと思《おも》うんだ。おれはブタどもの牢屋《ろうや》から出《で》てきたばかりだから、しばらくはあちこち見《み》てまわるつもりなんだ。そしてなんかバイトを探《さが》すよ。この手《て》でできる仕事《しごと》をね」スティーブはドーンのほうを見《み》てうなずいた。そしてまたデニスに向《む》かって言《い》った。「デニス、おまえには家《いえ》があったほうがいい。芝生《しばふ》もな。それにドーンなら、おまえのことをおれと同《おな》じぐらい大事《だいじ》にしてくれるよ」

デニスがスティーブの顔《かお》をいとおしそうにペロペロなめる。

ドーンがスティーブとデニスに近《ちか》づいてきた。「スティーブ、ほんとにこれでいいの？」

「ああ、いいんだ。デニスはおれの人生《じんせい》を変《か》えてくれた。今度《こんど》はあんたの人生《じんせい》を変《か》える番《ばん》だよ。あんたとデニスのきずなは強《つよ》いからね。デニスがあんたを見《み》るときの目《め》には、小《ちい》さなハートがいっぱい浮《う》かんでるぜ」

スティーブとドーンはハグをした。「ありがとう、スティーブ。本当《ほんとう》に」

ドーンとデニスがポータルをくぐりぬけるとき、スティーブはデニスに歌《うた》をおくった。デニスはおれにとって理想《りそう》のオオカミだったけど、いまはドーンの人生《じんせい》を変《か》えるときだ、という歌《うた》だった。

スティーブはつぎに、ギャレットに言《い》った。「あばよ、ギャレット。おまえは最高《さいこう》にイカした戦士《せんし》だ。そして、いい友《とも》だちだよ」

「じゃあな、スティーブ。あんたもいっしょに帰《かえ》ればいいのに」ギャレットはスティーブの手《て》をにぎりながら言《い》った。「ハンクはめちゃいいやつだよ。だけど、おれには同《おな》じ年《とし》ごろの友《とも》だちがひとりもいない。あんたとなら、最高《さいこう》のチームになれんのにな。じゃ、バヤ・コン・ディオス。スペイン語《ご》で〝あばよ、兄弟《きょうだい》〟って意味《いみ》さ」

「ちがうわよ。〝神《かみ》とともに行《い》きなさい〟って意味《いみ》でしょ」ナタリーがつっこみを入《い》れた。

「いや、いいんだって」ギャレットは言《い》いはった。

ギャレットはポータルをくぐりぬけた。ヘンリーはその姿《すがた》を見送《みおく》った。そして自分《じぶん》もポータルに近《ちか》づき、いったん立《た》ちどまって深呼吸《しんこきゅう》してから、うしろをふり返《かえ》った。ナタリーがまだためらっている。

「いい？」ヘンリーはナタリーに聞《き》いた。

ナタリーは最後《さいご》にもう一度《いちど》、オーバーワールドのきらきらした景色《けしき》をながめた。太陽《たいよう》の光《ひかり》が山《やま》や谷《たに》で踊《おど》っている。そのカラフルな色《いろ》あいはこれまで以上《いじょう》にあざやかに見《み》えた。「うん、いいよ」ナタリーは言《い》った。「ここがなつかしくなるだろうな」

ナタリーはヘンリーの肩《かた》に腕《うで》を回《まわ》し、ふたりでいっしょにポータルをくぐりぬけた。

スティーブはその場《ば》にしばらく立《た》ったまま、ポータルを見《み》つめていた。そしてとうとう、「ああ、もう、なるようになれ。おれも行《い》くぞ」と言《い》うと、ポータルに飛《と》びこんだ！

アイダホ州《しゅう》のチャグラスにもどった5人《にん》の冒険者《ぼうけんしゃ》たちは、オーバーワールドでの経験《けいけん》を生《い》かして、それぞれ新《あら》たな成功《せいこう》を手《て》にしていた。

ドーンの移動動物園《いどうどうぶつえん》は、デニスという人気者《にんきもの》のおかげでたくさんの人《ひと》がやってきた。ドーンはほかの仕事《しごと》をぜんぶやめ、動物園《どうぶつえん》の飼育係《しいくがかり》に専念《せんねん》している。

ギャレットのビデオゲーム店《みせ》〈ゲーム・オーバー・ワールド〉は、町《まち》いちばんの人気店《にんきてん》になった。プレイヤー同士《どうし》を団結《だんけつ》させるゲームの力《ちから》を子《こ》どもたちに教《おし》えることに、ギャレットは大《おお》きな喜《よろこ》びを感《かん》じている。とくに、ヘンリーと設《せっ》計《けい》したビデオゲームをみんなにプレイしてもらうのが大好《だいす》きだった。それはオーバーワールドでの冒険《ぼうけん》からヒントを得《え》た新《あたら》しいゲームだが、昔《むかし》ながらのアーケードゲーム機《き》でプレイできる。ナタリーがゲーム機《き》の側面《そくめん》にすばらしい景色《けしき》の絵《え》をかいた。オーバーワールドで見《み》たものがいっぱいえがかれている。その絵《え》は子《こ》どもたちに大好評《だいこうひょう》だった！

スティーブはその店《みせ》で歌《うた》のライブパフォーマンスを披露《ひろう》していて、熱狂的《ねっきょうてき》なファンが集《あつ》まってくる。ときには、盛《も》り上《あ》がってダンスパーティーが始《はじ》まることもある！

ナタリーはようやく引《ひ》っこしたときの荷物《にもつ》をほどいて、ヘンリーと暮《く》らしやすいように家《いえ》を片《かた》づけた。最後《さいご》に開《あ》けた箱《はこ》には、「ナタリーのもの」というラベルがはられていた。箱《はこ》の底《そこ》を探《さぐ》ると、白紙《はくし》のスケッチブックが出《で》てきた。ヘンリーのスケッチブックとそっくりだ。最後《さいご》のページをめくるとママの字《じ》があった。ナタリーへ。夢《ゆめ》を追《お》いかけてね。愛《あい》をこめて、ママより。

ナタリーはにっこりして絵筆《えふで》に手《て》をのばし、絵《え》をかきはじめた。自分《じぶん》の絵《え》がうまいかへたかなんて、どうでもいい。ただ、なにかをつくりたいだけ。なにか新《あたら》しいもの、だれも見《み》たことがないようなものを。

ヘンリーのおかげで、ナタリーのクリエイティビティが羽《は》ばたきだしたのだ！

デイヴィッド・リューマン（翻案）

アメリカの児童書作家。「ＤＣスーパーヒーローズ」、「スポンジ・ボブ」、「ジュラシック・ワールド」、「トロールズ」など、さまざまな人気キャラクターの名シリーズをもとに１５０以上の作品を書いてきた。また、映画『THE BATMAN －ザ・バットマン－』にちなんだオリジナル小説『Before the Batman』の著者でもある。現在、近日公開予定の映画『スーパーマン』を題材にしたスーパーマンのオリジナル小説を執筆中。テレビ番組やコミックの脚本も手がけている。妻ドナ、愛犬ガンビーとともにロサンゼルス在住。

【日本語版制作】
翻訳協力：株式会社リベル
編集・DTP：株式会社トップスタジオ
担当：村下 昇平・細谷 謙吾

■お問い合わせについて

本書の内容に関するご質問につきましては、弊社ホームページの該当書籍のコーナーからお願いいたします。お電話によるご質問、および本書に記載されている内容以外のご質問には、一切お答えできません。あらかじめご了承ください。また、ご質問の際には、「書籍名」と「該当ページ番号」、「お名前とご連絡先」を明記してください。

●技術評論社 Web サイト
https://book.gihyo.jp

お送りいただきましたご質問には、できる限り迅速にお答えをするよう努力しておりますが、ご質問の内容によってはお答えするまでに、お時間をいただくこともございます。回答の期日をご指定いただいても、ご希望にお応えできかねる場合もありますので、あらかじめご了承ください。なお、ご質問の際に記載いただいた個人情報は質問の返答以外の目的には使用いたしません。また、質問の返答後は速やかに破棄させていただきます。

マインクラフト／ザ・ムービー
公式ノベライズ

2025 年 5 月 9 日　　初版　第 1 刷発行

著　者　Mojang《モヤン》 AB
翻案者　デイヴィッド・リューマン
訳　者　牛原《うしはら》眞弓《まゆみ》、小林《こばやし》真弓《まゆみ》
発行者　片岡 巌
発行所　株式会社技術評論社
東京都新宿区市谷左内町 21-13
電話　03-3513-6150　販売促進部
03-3513-6177　第 5 編集部
印刷／製本　TOPPANクロレ株式会社

定価はカバーに表示してあります。

ISBN978-4-297-14856-0 C8097